Tucholsky Wagner Zola Scott Sydow Schlegel
Turgenev Fonatne Freud
Wallace
Twain Walther von der Vogelweide Fouqué Friedrich II. von Preußen
Weber Freiligrath Frey
Fechner Weiße Rose Ernst Frommel
Fichte von Fallersleben Kant Richthofen
Fehrs Engels Fielding Hölderlin
Faber Flaubert Eichendorff Tacitus Dumas
Feuerbach Maximilian I. von Habsburg Fock Eliasberg Zweig Ebner Eschenbach
Ewald Eliot Vergil
Goethe Elisabeth von Österreich London
Mendelssohn Balzac Shakespeare Dostojewski Ganghofer
Lichtenberg Rathenau Doyle Gjellerup
Trackl Stevenson Hambruch
Mommsen Tolstoi Lenz Droste-Hülshoff
Thoma Hanrieder
Dach von Arnim Hägele Hauff Humboldt
Reuter Verne Rousseau Hagen Hauptmann Gautier
Karrillon Garschin
Damaschke Defoe Hebbel Baudelaire
Descartes
Hegel Kussmaul Herder
Wolfram von Eschenbach Dickens Schopenhauer
Bronner Darwin Melville Grimm Jerome Rilke George
Campe Horváth Aristoteles Bebel Proust
Bismarck Vigny Barlach Voltaire Federer Herodot
Gengenbach Heine
Storm Casanova Tersteegen Gilm Grillparzer Georgy
Chamberlain Lessing Langbein Gryphius
Brentano Lafontaine
Strachwitz Claudius Schiller Kralik Iffland Sokrates
Katharina II. von Rußland Bellamy Schilling
Gerstäcker Raabe Gibbon Tschechow
Löns Hesse Hoffmann Gogol Wilde Vulpius
Luther Heym Hofmannsthal Klee Hölty Morgenstern Gleim
Roth Heyse Klopstock Kleist Goedicke
Luxemburg Puschkin Homer
La Roche Horaz Mörike Musil
Machiavelli Kierkegaard Kraft Kraus
Navarra Aurel Musset Lamprecht Kind Kirchhoff Hugo Moltke
Nestroy Marie de France Laotse Ipsen Liebknecht
Nietzsche Nansen
Marx Lassalle Gorki Klett Ringelnatz
von Ossietzky May Leibniz
vom Stein Lawrence Irving
Petalozzi Knigge
Platon Kafka
Sachs Poe Pückler Michelangelo Kock
Liebermann Korolenko
de Sade Praetorius Mistral Zetkin

Der Verlag tredition aus Hamburg veröffentlicht in der Reihe **TREDITION CLASSICS** Werke aus mehr als zwei Jahrtausenden. Diese waren zu einem Großteil vergriffen oder nur noch antiquarisch erhältlich.

Symbolfigur für **TREDITION CLASSICS** ist Johannes Gutenberg (1400 — 1468), der Erfinder des Buchdrucks mit Metalllettern und der Druckerpresse.

Mit der Buchreihe **TREDITION CLASSICS** verfolgt tredition das Ziel, tausende Klassiker der Weltliteratur verschiedener Sprachen wieder als gedruckte Bücher aufzulegen – und das weltweit!

Die Buchreihe dient zur Bewahrung der Literatur und Förderung der Kultur. Sie trägt so dazu bei, dass viele tausend Werke nicht in Vergessenheit geraten.

Rückfälle

August Strindberg

Impressum

Autor: August Strindberg
Übersetzung: Marie Franzos
Umschlagkonzept: toepferschumann, Berlin

Verlag: tredition GmbH, Hamburg
ISBN: 978-3-8495-3229-1
Printed in Germany

Von Neuen Menschen

Erzählungen
von

August Strindberg

Albert Bonnier, Verlag, Leipzig

Der Johannistag des Jahres 1884 leuchtete strahlend klar über dem Genfer See, und die Sonne brannte heiß auf die Hügel von Ouchy und Lausanne. Paul Petrowitsch, Rosenzüchter in Ouchy, klomm, einen kleinen mit Rosen, Salatköpfen und Artischocken beladenen Karren hinter sich herziehend, die Avenue de la Gare hinauf, um sich auf den Markt in Lausanne zu begeben. Der Schweiß perlte ihm über die Stirn und wäre in die kleinen treuen Augen geronnen, hätten sich nicht die buschigen Augenbrauen als Dämme vorgelegt; aber von den Schläfen stürzten die Schweißtropfen in den hellroten Bart hinab, der das halbe Areal des Gesichtes bedeckte. Die Rosen begannen in der Sonne schlaff zu werden, und der Salat kniff seine nervigen Blätter zusammen, um sich vor dem Sonnenstich zu schützen. Paul blieb stehen, zog die blaue Bluse aus und legte sie vorsichtig über die Wagenladung, wischte sich dann die Stirn und zog weiter.

In der Avenue du Théâtre brannte die Sonne fast noch schärfer. Hier blieb er stehen und warf einen langen Blick auf den Genfer See, ließ in Gedanken seine heiße Stirn von den letzten Schneefeldern der Dent d'Oche kühlen und atmete tief, so, als wollte er frische Luft aufspeichern, ehe er in die für ihn immer so erstickende Stadt trat. Wie er so mit der Mütze in der Hand dastand, ging eine Dame mit einem jungen Herrn vorbei.

»Siehst du, dort steht der Russe,« sagte sie, und der Herr blieb stehen, um sich Paul anzusehen.

»Gelungen sieht er aus,« sagte der junge Herr.

Und Pauls Gesicht bot wirklich einen eigentümlichen Anblick, als er sich von den Fremden beobachtet wußte. Es zog sich zusammen wie ein Spitzwegerichblatt, wenn man den Stiel abgerissen hat und an den entblößten Blattnerven zupft, wie Kinder es im Spiel zu machen pflegen. Es war kein einseitiges Zusammenkneifen einiger Muskeln wie bei einem Tic, sondern alle Nerven des Gesichtes schienen im Zusammenhang mit einer galvanischen Säule zu stehen. Paul fühlte das, er setzte die Mütze auf und zog weiter. Zog über die Place St. François, die Rue St. François hinunter, die in Anbetracht des Markttages für Fuhrwerke gesperrt und ganz von Gemüsefrauen besetzt war, die auf dem Trottoirrand saßen. Als diese Paul mit seinem Karren erblickten, wollten sie ihm den Weg versperren, aber Paul erklärte, er sei kein Lasttier, wenn es auch so aussähe, und er habe das Recht, hier weiterzuziehen. Die Weiber riefen nach einem Schutzmann. Dieser nahm aus freier Hand eine Gesetzesauslegung zu Pauls Ungunsten vor, so daß er mit seinem Karren den Hügel wieder hinaufziehen mußte, über die Place St. François und hinunter über die Descente de Pepinet an der Post vorbei. Paul sah dabei weder niedergeschlagen noch erstaunt aus. Er hatte schon längst aufgehört, sich über eine so natürliche Sache zu wundern, wie daß Konkurrenten mit allen Mitteln gegenseitig ihr Fortkommen zu hindern suchen. Als er in die Rue Centrale kam, wo ihm sein Platz einige Schritte hinter dem Bendaschen Buchladen angewiesen war, deckte er den Karren ab, schlug die Deichsel zurück, zog die Bluse an, die ihm im Verein mit den braunen Manchesterbeinkleidern das Aussehen eines Schweizer Arbeiters gab, und stellte sich hin, um auf Käufer zu warten.

Wie er so allein in der Volksmenge stand, denn der Johannistag ist am Genfer See kein Feiertag, einsam unter mißgünstigen Konkurrenten, die sich in seiner Spezialität, Rosen, nicht mit ihm messen konnten, einsam auf einem Trottoirrand in einem schmalen Gäßchen, dessen Rinnsteinwasser unter seinem Karren hinflog, und sah, wie diese lärmenden, verschwitzten und staubigen Menschen in ihrer Arbeitstracht sich mit ihren Lasten und Werkzeugen durchdrängten, wie an einem Werktag, da wurde ihm beklommen zumute, und seine Gedanken schweiften weit, weit fort zu dem großen häßlichen Flachlande um Moskau.

Er glaubte nicht mehr an Kirchenglocken und derlei, aber er vermißte sie jetzt. Der süßliche Duft seiner prächtigen Rosen, der sich in widerlicher Weise mit dem Lauch- und Selleriegeruch der Nachbaren vermischte, stimmte ihn wehmütig, und er fühlte eine starke brennende Sehnsucht nach den weißen Birken und den schlichten wilden Rosen. Er hatte Heimweh nach der kleinen rot und grün gemalten Kirche mit dem vergoldeten Minaret, wo doch soviel Törichtes gesprochen wurde, Heimweh nach dem Schweigen der Steppe, den feiertäglich gekleideten Muschiks mit ihren grell gestreiften Festrubaschkas, nach den Bäuerinnen in den gelben und roten Sarafans, die sie an diesem Tage zu Ehren des heiligen Johannes trugen, vor allem, aber um den Anbruch des kurzen Sommers zu feiern. Das ist Schwäche, sagte er sich, denn die Menschen werden durch Kirchenglocken und Sarafane nicht besser oder glücklicher, aber er sehnte sich dennoch von hier fort, wo man den Sommer nicht zu schätzen wußte, weil man den halben Winter Frühling hatte, fort von dieser Straße, dieser Gosse, dieser Volksmenge, die ihm feindlich gesinnt war, diesen alten Menschen mit den alten Herzen und den alten Gedanken, diesen Ausländern, die herkamen, um von dem Balkon eines erstklassigen Hotels die Natur zu genießen wie eine Feerie in einem Theater. Aber er wurde schließlich durch eine Käuferin aus seinen Gedanken gerissen.

»Was kosten die Artischocken?« fragte sie.

»Fünfundzwanzig Centimes, Madame,« erwiderte er.

Sie zupfte an den Schuppen, als wollte sie nachsehen, ob sie gefälscht sei, machte ein saures Gesicht, das bedeutete: zu viel, und ging weiter.

»Woher will diese Gans wissen, was für eine Artischocke zu viel ist?« dachte er bei sich selbst. »Hat sie Erde gepachtet, die so teuer ist, Dünger gekauft, der so teuer ist, Samen gekauft, ihn gesät, die kleine Pflanze umgesetzt, als sie so zart war, daß man sie kaum anzurühren wagte, sie wieder umgesetzt, sie gegossen, das Unkraut ausgejätet, sie im Winter zugedeckt und sich in Unruhe verzehrt, ob sie wohl im Frühling fortkommen würde, ein Jahr gewartet, zwei Jahre, zweimal dreihundertfünfundsechzig Tage, bis sie ein Knöpfchen trieb? Dann hätte sie nicht gesagt, daß fünfundzwanzig Centimes zu viel seien, aber nun hat sie all das nicht getan, und darum begreift sie es nicht. Sie ist Lehrerin, ich weiß, und sie verlangt drei Franken dafür, eine Stunde lang ihre Sprache mit einer Person zu sprechen, die ihre Sprache sprechen lernen will. Sie sitzt auf einem weichen Fauteuil, in einem warmen Zimmer, sie riskiert nichts, sie konversiert über Wetter und Theater, sie steht auf und geht mit drei Franken fort. Aber das, findet sie, ist zu wenig für eine arme, unglückliche Lehrerin.«

Unten in einer Grube standen zwei Gasarbeiter und gruben. Pauls Blick fiel gerade auf sie, als er mit seinen ökonomischen Grübeleien zu Ende gekommen war.

»Die dort,« fuhr er für sich selbst fort, »haben dreißig Centimes die Stunde, zehnmal weniger als sie, die auf dem Fauteuil in dem warmen Zimmer sitzt und vom Wetter und vom Theater spricht. Es kommt mir vor, daß die Arbeitslöhne in dieser ganz verdrehten Welt im umgekehrten Verhältnis zur Mühe der Arbeit stehen. Das ist recht charakteristisch, aber kein Nationalökonom hat diese Sache noch beleuchtet, und der Nationalökonom, der sie zu beleuchten wagte, würde gleich als Nicht-Nationalökonom erklärt werden.«

So häßliche Gedanken hatte Paul Petrowitsch an einem so schönen Tage, wie diesem Johannistage, aber Paul hatte auch schon längst mit dem Kult des Schönen aufgeräumt.

Die Stunden gingen, die Sonne brannte auf die Dächer und heizte die Hausmauern und Pflastersteine wie ein Backofen. Die Menschen begannen zu verschwinden, und Paul stand so gut wie allein unter seinen Konkurrenten da. Aber je später am Tage, desto feinere Leute. Jetzt kam auch die eine oder andere vornehme oder reiche Dame, die eben aufgestanden war und jetzt Blumen kaufen wollte. Die Dienstmädchen hatten den Gemüseeinkauf schon früher erledigt, um zu Mittag fertig zu werden. Paul verkaufte drei Rosenstöcke zu vier Franken das Stück, jetzt hatte er nur mehr eine gelbe Teerose übrig. Es war eine sogenannte Céline Forestier, die in der Farbe dem gelben Villeneuvewein gleicht, wenn er echt ist und leicht ins Grünliche schillert. Es war ein fünfjähriges Pfropfreis. Fünf Jahre hatte er sie betreut wie ein Kind. Mit zitternder Hand hatte er die heikle Operation vorgenommen, das kostbare Pfropfreis, das er zwei Meilen weit geholt hatte, in den wilden Stamm zu stecken, den er aus dem Samen aufgezogen hatte. Er hatte die Wunde verbunden, sie gewaschen, den kleinen Schößling wie einen Kranken gepflegt. Er hatte die Pflanze beschattet, sie gegossen, ihre Blätter vom Mehltau reingewaschen, sie im Winter im Zimmer gehabt, wo er um ihretwillen seiner geliebten Tabakspfeife entsagt hatte. Fünf Jahre hatte er sie gehegt, sie war eine Angehörige, ein Familienmitglied gewesen. Er hatte ihre ersten Blütenknospen gesehen, und seine Kinder hatten vor Freude gejauchzt, als sie ihre sammetweichen, topasgelben Blätter entfaltet hatte, die diaphan waren wie Kinderwangen, und seine Frau hatte sie geküßt. Und nun sollte er sie verkaufen, auf der Straße, an der Gosse. Ja, er mußte sie verkaufen, denn seine Kinder mußten neue Stiefelchen haben, heute am Johannistag, wo sie mit den Eltern ausgingen.

Da kam ein Engländer und fragte, was sie koste.

»Sechs Franken, Sir.«

Der Engländer zog fünf Franken heraus und sagte: »Da haben Sie.« Er war es nämlich seiner Meinung nach gewohnt, geprellt zu werden, und er kannte seine Leute.

»Sechs Franken,« wiederholte Paul.

»Sie ist ja nicht echt,« sagte der Engländer und ging. Dann kam ein Amerikaner.

»Was verlangen Sie für diese Malmaison?« fragte er.

»Fünfzehn Franken,« antwortete Paul.

»Es ist eine gute Sorte,« sagte der Amerikaner und bezahlte.

Paul hatte das Gefühl, daß das Geld ihm in der Hand brannte, aber dann stellte er eine neue national-ökonomische These auf: »Ich glaube, daß der Wert einer Ware von dem Preise abhängt und nicht der Preis vom Werte!« Und dann ging er einige Schritte über das Trottoir und kam zu dem Schaufenster der Buchhandlung. Er sah sich die neuen Bücher an, die so alt waren, so alt, obgleich die Titel so neu waren. Aber wie er so sah und sah, fiel sein Blick auf ein neues deutsches Buch, erschienen bei Deutschlands vornehmstem Verleger, Brockhaus in Leipzig. »Was tun? Erzählungen von neuen Menschen« von Tschernyschewsky. Ohne einen Augenblick länger stehen zu bleiben, ging er sogleich zu seinem Karren, legte die Gemüse, die er noch übrig hatte, zusammen und machte sich auf den Weg. Er pfiff, als er den Hügel zur Place St. François hinaufzog, und als er zu dem Schuhmacher gegenüber der Kathedrale kam, da hatte sein Gesicht eine ebensolche Nervenattacke wie eben erst in der Avenue du Théâtre. Er kaufte Schuhe für die Kinder und ging dann in den Basar Vaudois, um ein paar Spielsachen zu erstehen. Und dann nahm er seinen Karren und eilte im Laufschritt die Hügel nach Ouchy hinab.

*

Von der Straße nach Vevey zweigt zwischen dem Friedhof und der katholischen Kapelle ein kleines steiles Gäßchen ab. Mitten in der Steigung geht links ein Fußpfad ab, gerade breit genug für einen Zugkarren. Dort, an den prächtigen Mont Vert gelehnt, von seinen hohen Walnußbäumen und Roßkastanien vor dem Nordwind geschützt, und vom Strandweg durch das gewaltige Etablissement Beau-Rivage verdeckt, lag eine kleine »Ferme«, die von Paul Petrowitsch und seiner Familie in einen Garten und eine Rosenkultur verwandelt war. Wenn man eintrat, bot sich ein schöner Anblick. Hochstämmige Remontant- und Teerosen standen in langen Reihen in voller Blüte, nach den Farben geordnet. Die *Maréchal Niel* mit ihren gewaltigen gelben Blumen, auf deren Grund noch ein schwacher orangeroter Schimmer lag wie nach einem Sonnenuntergang, bildeten die hinterste Reihe; dann die kleinen dichten Ballen der *Gloire de Dijon,* gelb wie Rohseide, mit einem Ton von Madeirawein und einem Duft wie Gesang; die schwefelgelben *Safrans,* die in den Augen weh taten; dann ein Peloton weißer *Boules de Neige,* weiß wie Sammet, aber mit einer zögernden Röte an den Spitzen der Knospen, eine Erinnerung vielleicht an die kräftigeren Tage der Rasse, als ihr Blut noch rot pulsierte; dann die elfenbeinweißen Körbchen der preisgekrönten *Madame Pittet,* die den Köpfen des Rosenkohls glichen; und dann die sammetpurpurfarbenen der *Damaszenerrosen,* die kirschfarbenen der *Jules Margattins,* die *Noisettes,* schwarzrot wie venöses Blut, eine prächtige grelle Sammlung, sie riefen dunkle Gedanken wach und sahen aus, als hätten sie aus dem klebrigen Boden eines Schlachtfeldes Leben getrunken. Aber vor ihnen, lächelnd wie junge glückliche Mädchen, standen die rosigen *Provencerosen,* die schwellende, aber verblaßte Schönheit *La France,* einem Mädchen nach einer Ballnacht gleichend, und vor ihnen allen standen, lagen und nickten die niedrig wachsenden einfachen Monatsrosen wie Kindergesichter, von den unpoetischen Engländern so schön *Maidens Blush* genannt. Es war ein Rausch für die Sinne, diesen Rosenwald zu sehen und seinen Duft zu atmen. Er weckte alle Empfindungen gleichzeitig: rohe, wie gut bereitetes Essen, berauschende, wie Wein, betörende, wie die Nähe des Weibes, unschuldige, wie die Liebkosungen des Kindes, wie die Fabel von Engeln. Frischgeschlachtetes Fleisch und feuriger Madeira, Schminke und Engelsschwingen, Frauenbusen und Kinderküsse, Schwefel und Morgenröte, Blut und Milch, Purpur und Linnen. Aber Paul Petrowitsch sah die Rosen nicht von diesem Gesichtspunkt, denn er war ein neuer Mensch und betrachtete die Dinge in anderer Weise.

Der Garten war in vier Viertel geteilt: eines für Brot, eines für Gemüse, eines für Obst und eines für Blumen. Die Blumen waren Pauls Meinung nach ein notwendiges Übel, bis aus weiteres, sie waren die letzten Zugeständnisse an seinen Schönheitssinn, ein lästiges Erbteil, von dem seine Kinder sich hoffentlich befreien würden.

Nördlich vom Garten lag die Ferme. Es war ein altertümliches Gebäude, Stall und Schuppen mit dem Wohnhaus zusammengebaut. Paul Petrowitsch, der bei seiner Übersiedlung in die Schweiz versucht hatte, jene Vereinfachung durchzuführen, über die so viel geschrieben wurde und ohne die der Mensch der Zukunft in dem großen, aber friedlichen und gesetzmäßigen Kampf, der bevorsteht, untergehen muß, hatte sich nach dem Prinzip der Selbsthilfe eingerichtet. Daß er dabei nicht mit einem Schlage mit allen Forderungen brechen konnte, an die sich seine Natur infolge der falschen Erziehung gewöhnt hatte, nahm er sich nicht zu Herzen, denn er erkannte wohl die Unvernunft dieser Forderungen, aber er hielt sich zugleich für verpflichtet, einen Anfang zu machen, damit seine Kinder schon etwas erledigt fanden, wenn die Reihe an sie kam. Zu diesem Zwecke hatte er versucht, so viele Lebensmittel als möglich selbst herzustellen, und was mehr ist, sich bestrebt, seine Bedürfnisse und die der Seinen bis zum Äußersten einzuschränken. Im Stall hatte er eine Kuh, zwei Schafe, zwei Ziegen, Kaninchen, Hühner und ein paar Gänse. Ferner hatte er Tauben und Bienen. Diese letzteren lieferten den Zuckerbedarf des Hauses. Aus dem Mais, der die ausgiebigste und billigste Getreideart ist, wurde das Brot gemacht, es war nicht so gut wie Weizenbrot, aber immerhin besser als das dunkle Roggenbrot. Seinen Tee (Kaffee trank er nie) zog er selbst. Er hatte nämlich, als er an der Universität Charkow Medizin studierte, sechs Jahre lang in einer überaus einfachen Pension gewohnt. Da hatte er sich an einen sehr schlechten Tee gewöhnt, er hatte sich so sehr daran gewöhnt, daß, als er im siebenten Jahre echten Tee bekam, diesen schlechter fand als seinen alten. Als er dann erfuhr, daß er durch sechs Jahre Extrakt aus Kirschenblättern getrunken und gut gefunden hatte, beschloß er, bei den Kirschenblättern zu bleiben, und nun hatte er viele solche »Teebäume« in seinem Garten. Sich die Kleider selbst zu machen, hielten er und seine Frau noch für verfrüht, es konnte sich nicht lohnen. Berauschende Getränke nahm er niemals zu sich. Er hatte in seiner Jugend getrunken, so wie er es daheim und an der Universität gelernt hatte. Jetzt hielt er es ganz einfach nur einfältig. Spirituosen zu trinken, denn um in unserer Zeit zu leben, muß man klare Gedanken und frische Kräfte haben. Es war jedoch ein schweres Stück Arbeit gewesen, sich den Alkohol abzugewöhnen denn sein Körper verlangte ihn, so wie der Körper des Arsenik- und Opiumessers seine Giftrationen verlangt. Aber allmählich gelang es. Und als er nun diese Stille des Gemüts, diese Ruhe des Körpers, diese Harmonie der Kräfte fühlte, konnte er das Wahnsinnige des Gebrauchs von Mitteln, die die Menschen toll, unzurechnungsfähig, unzuverlässig machen, nicht genug verurteilen, und bessere zukünftige Zustände ohne nüchterne Menschen hielt er für ein Ding der Unmöglichkeit. Und diese Dichter, die diese Mengen von Lügen gedichtet hatten, was waren sie anders als Deliranten, die Halluzinationen hatten und darum die Wirklichkeit nicht so sehen konnten wie sie war. Alle Beschlüsse, die die Schicksale der Völker auf Jahrhunderte hinaus entschieden hatten, waren ja in dem Rausch von Gastmählern gefaßt worden. Die großen Gedanken der französischen Revolution waren bei Reformbanketten in Weindunst aufgegangen; kein Komitee konnte arbeiten, ohne zu essen und zu trinken, all diese großen Reden wurden ja in einem Zustand halben Wahnsinns gehalten, und dann klagte man, daß es nicht Brot genug gebe, wenn man ganze Landstriche mit Wein bepflanzte und das Getreide zu Branntwein verbrannte. War die Welt klug? O nein, das zu glauben, hatte Paul schon längst aufgehört. Aber als er daheim in Rußland Abstinenz zu predigen begonnen hatte, da begegnete man ihm mit der nicht gerade sehr scharfsinnigen Antwort: »Du bist ja selbst ein Säufer gewesen,« worauf Paul nur einwenden konnte: »Gerade deshalb. Wer kein Trinker gewesen ist, kann ja nicht gegen eine Sache predigen, die er nicht kennt.«

Paul war eine »moderne Ehe« mit einem Mädchen aus guter Familie eingegangen. Sie hatten einen mündlichen Kontrakt geschlossen, aber keinerlei Gelöbnisse abgelegt, da die Erfahrung zeigt, daß die Einhaltung der Gelöbnisse nicht von dem Willen des Gelobenden abhängt. Sie hatten nun zwei Kinder. Die Arbeit hatten sie so verteilt, daß die Frau die Obsorge für die Kinder übernommen hatte, weil sie sich besser dafür eignete als Paul, auch hatte sie die wirtschaftliche Leitung des Hauses inne, denn sie hatte mehr Sinn dafür als er. Aber sie räumte Pauls Zimmer nicht auf, das tat er selbst: es war die Arbeit einer halben Stunde. Das Essen bereiteten sie zusammen, und Paul wusch das Geschirr, das machte ihm zufälligerweise Spaß, und die Böden scheuerte er, denn das war zu schwer für die Frau, namentlich wenn sie ein Kind erwartete. Dienstboten hatten sie keine, denn sie wollten keine Sklaven in ihrem Hause sehen. Aber Paul hatte einen »Mitarbeiter« im Garten, der Gärtnergehilfe gewesen war, aber jetzt Pauls Kompagnon war und außer seinem Lebensunterhalt einen entsprechenden Anteil am Gewinn hatte. Paul sprach ihn immer Bernhard an, was sein Zuname war, und Bernhard nannte ihn Paul Petrowitsch. Dies war ein Übereinkommen zwischen ihnen, man wollte nicht an die Unwahrheit erinnert werden, daß der eine Herr sei. Da man von seiner Arbeit nur einen mäßigen Gewinn beanspruchte, brauchte man nur sechs Stunden im Tage zu arbeiten, so erübrigte man Zeit für Ruhe, Spiel, Zerstreuung, Lektüre und Schreiben, und Paul schrieb viel.

Als er nun mit seinem Karren in den Hof kam, sprangen ihm seine beiden Töchterchen entgegen und küßten ihn. Es waren zwei kleine Blondinchen, in Leinwandhängekleidchen und Strohhüten, doch alles von gewöhnlichem Schnitt, so daß sie nicht wie Affichen herumliefen. In der Türe zeigte sich die Frau. Sie war klein, aschblond, mit schwarzen leichtumränderten Augen, die Gesichtszüge angenehm gerundet, der Teint mit einem Schillern ins Olivfarbene. Das Haar lag wie eine weiche Ranke von wildem Wein und warf ringsherum seine Gäbelchen aus, um die Ohren, über den Nacken, die Stirne. Sie sah ruhig und zuversichtlich drein, aber ein Schleier der Düsterkeit war über die einst so lächelnden Züge gebreitet. Da war Trauer über etwas Verflossenes, Kampf mit lieben, aber hinderlichen Erinnerungen, ausgefochtene Konflikte mit Erziehung, Pietät, Vorurteilen.

»Guten Tag, Väterchen,« grüßte sie.

»Guten Tag, geliebte Frau und Kinder,« antwortete er und küßte Mutter und Kinder.

»Hole Vater einen Stuhl,« sagte die Mutter zu dem älteren Mädchen, das etwa fünf Jahre sein mochte.

»Nein, Annischka,« sagte Paul, »Vera soll keine Sklavin werden.«

»Ich will nicht,« hatte Vera schon geantwortet.

»Sagt man so?« fragte die Mutter.

»Ja,« sagte Paul. »So soll man antworten. Wer nicht, solange er jung ist, wollen und seinen Willen aussprechen lernt, der wird, wenn er groß ist, ein Willenloser oder ein Lügner! Annischka! Warum sollen wir unsere Kinder zu unseren Sklaven erziehen? Zu acht Jahren soll Vera ins Leben hinaus. Dann haben wir keine Sklavin mehr an ihr, und es ist doch nicht unsere Absicht, sie dazu zu erziehen, anderen Leuten Stühle hinzustellen. Aber will mir Vera einen Stuhl bringen, so danke ich ihr, denn sie ist mir gegenüber zu nichts verpflichtet.«

»Du hast recht, Paul Petrowitsch,« sagte die Mutter, »aber ich kann die Dinge nicht immer von den neuen Gesichtspunkten ansehen.«

»Nein, meine Liebe, das kann ich auch nicht immer, aber wir müssen uns gewöhnen. Mit *wir* meine ich nicht dich, sondern ich meine wirklich uns beide. Aber ich sehe, daß du schon gedeckt hast! Ruft Bernhard!«

Bernhard war ein kleiner breitschulteriger Waadtländer mit schwarzem Schnurrbart, schwarzem, krausem Haar, ägyptischen Augen und starken Schulterblättern, die Spuren der »Hotte« zeigten, des Korbes, den die Bergbewohner beständig auf dem Rücken tragen. Er setzte sich stumm zu Tische, nachdem er die Hände gefaltet hatte.

»Werden Sie nie davon abkommen, Bernhard?« sagte Paul.

»Nein, das sitzt wohl noch tiefer als der weiße Wein,« sagte er.

»Religionsfreiheit, Paul Petrowitsch, Religionsfreiheit,« sagte Anna warnend.

»Danke, meine Liebe, daß du mich erinnerst! Es ist wirklich so: Verzeihen Sie, Bernhard.«

»Nun, wie ist der Handel heute gegangen?« fragte Anna.

»Gut und schlecht,« sagte Paul. »Das Nützliche steht tief im Preise, aber das Unnütze recht hoch.«

Die Mahlzeit, die aus einer gewaltigen Kaninchenpiroge mit gesalzenen Schwämmen und Essiggurken bestand, ferner aus Tee auf dem immer gegenwärtigen Samowar, nahm nun die Aufmerksamkeit der Essenden eine Weile in Anspruch.

»Heute ist Johannistag,« sagte Paul, als er fertig gegessen hatte.

»Ja,« sagte die Frau und seufzte.

»Du seufzest, Annischka, ist es heute schwer?«

Sie beugte sich herab und legte ihren Kopf auf seine Knie.

»Weine, Geliebte, dann geht es vorüber,« sagte Paul und wühlte in dem milden Wein, wie er zu sagen pflegte.

»Ja, wenn du mit weinst, sonst kann ich nicht.«

»Ich habe zu weinen aufgehört,« sagte Paul, »aber das ist keine Tugend. Es ist nur so anders, so anders!«

»Ist es nicht schwer, fremde Erde zu bebauen?« sagte Anna.

»Die Muttererde war härter, aber sie war leichter. Doch das sind nur Grillen. Die ganze Erde ist ja Mutter.«

»Sage, daß du dich nach dem kleinen Fleckchen Erde sehnst, das du der mörderischen, erstickenden Umarmung der Steppe entrissen hast, sage, daß du heute dort sein möchtest, sehen, wie deine Apfelbäume blühen, wie deine Rosen knospen, sage das, Paul, dann will ich dir sagen, wie ich mich sehne!«

»Ich leugne nicht, daß, seit ich den Spaten in unsere alte schwarze Erde stieg, Samen säte, Bäume pflanzte und den kargen Boden Segen bringen sah, ich mich mit dieser Erde gleichsam verbunden fühlte. Es war töricht, sich zu binden. Die Erinnerungen habe ich mit Stumpf und Stiel ausgerissen, die zartesten Bande durchschnitten, meine Persönlichkeit habe ich den Schweinen hingeworfen, aber ich fühle mich unfrei. Wenn meine Gedanken in die Heimat gehen, dann gehen sie nicht zu dem Kindheitsheim, wo ich Sklavendienst lernte, nicht zu den Gräbern meiner Eltern, nicht zu unseren grausamen Erinnerungen an eine falsche, einstige Größe; sie gehen zu der Scholle, wo mein täglich Brot wuchs, zu den weißen Birken, unter denen ich frische neue Gedanken dachte, zu den schwarzen Tannen, die meinen Schmerz einlullten, aber namentlich und nunmehr fast immer zu dem kleinen Fleck Erde, den ich urbar gemacht. Siehst du, wie materialistisch, wie egoistisch ich bin! Weißt du noch den Herbst, wo die Regengüsse fielen und ich die Fliederhecke pflanzte; wie wir da mit den nassen Sträuchern, die ich von der Eisenbahnstation geholt hatte, durch den Lehm wateten. Weißt du noch, wie ich die Erdbeerbeete umgrub und die halbverwelkten Pflanzen bis tief in die Nacht bei Kerze und Laterne einsetzen mußte. Weißt du noch, wie die Apfelbäume kamen und ich das Wasser eine halbe Werst weit tragen mußte, weil die Erde so trocken war. Und die Bauern saßen oder lehnten am Staket und grinsten und fragten sich, wozu das gut sein solle.«

»Und dann,« fuhr Anna fort, »dann fuhren wir im Herbst in die Stadt. Und du saßest da und sahst deine Skizze des Gartens an, da wuchs dies, und da stand das. Und wenn in der Stadt Frost war, dann gingst du unruhig herum, ob nicht das erfroren sein könnte, oder das; du hattest keinen ruhigen Tag mehr. Und als wir dann im Frühling wieder hinauskamen, da waren sechs Apfelbäume tot. Nikolai behauptete, es sei der Frost gewesen, aber Andreas sagte, Nikolai habe sie mit Lauge begossen. Und da weintest du!«

»Ich weinte? O Schmach!«

»Ja, du weintest, aber nicht über die Bäume, sondern über die Bosheit der Menschen.«

»Unbedachtsamkeit, Anna.«

»Unbedachtsamkeit, ja! Und dann pflanztest du neue. Und dann legtest du Kerne von Äpfeln, Birnen, Pflaumen, Kirschen zu Hunderten aus und sagtest den Bauern, daß sie die Pflanzen haben sollten, wenn sie fortkämen, und dann sollten sie Pfropfreiser von den Bäumen bekommen. Und dann, Paul Petrowitsch, kam das große Ereignis, und wir mußten fort. Seither hast du nichts von der Sache gehört, aber du denkst daran, du träumst davon!«

»Schwäche, Anna, Kleinigkeiten, Kleinigkeiten! Aber jetzt denke ich nicht mehr daran! Nicht mehr! Aber sprich nicht so traurig! Meine Seele ist heute froh, denn ich habe eine große, große Freude gehabt.«

»Erzähle, erzähle!«

Paul schenkte sich eine neue Tasse Tee ein, als der Briefträger eben mit der Post kam. Er brachte eine Postkarte und einen Brief. Paul las die Postkarte zuerst.

»Die ist wenigstens nicht geöffnet,« sagte er, ehe er zu lesen begann. Die Karte, die einen russischen Poststempel zeigte, hatte folgenden Wortlaut:»Wenn die Sonne, die eine Gottheit ist, ein Aas zum Leben küssen kann, warum sollte sie nicht einen Brief zum Leben küssen können?«

»Hm,« sagte Paul.»Was kann das bedeuten?«

»Das wirst du wohl aus dem Brief ersehen,« sagte Anna.

»Da hast du recht! Aber der Brief ist natürlich geöffnet worden. Hier sieht man die Spuren eines talgigen Schnurrbarts, der den liebenswürdigen Mund zierte, welcher den Brief wieder zugeleckt hat.«

Paul las:»Paul Petrowitsch, Großhändler, Ouchy, Lausanne. Nach Ew. Wohlgeboren Order senden wir morgen sechs Fäßchen Kaviar, à zwei Silberrubel ohne das Gefäß. Der Begleichung umgehend entgegensehend Hochachtungsvoll Dimitri Baranow.«

Paul saß stumm da und grübelte, aber konnte keinen Sinn herausfinden. Daß alles nur Chiffre war, begriff er wohl! Anna zerbrach sich ebenfalls den Kopf, aber ohne Resultat. Da warf Paul den offenen Brief auf den Tisch und sagte:»Laß uns von etwas anderem sprechen, dann kommt mir vielleicht eine Idee. Wir sprachen davon, daß ich heute eine Freude gehabt habe. Eine große Freude, die größte seit langer Zeit. Anna,« fuhr Paul fort,»es ist gerade zwanzig Jahre her, seit Tschernyschewskys Buch erschienen ist. Man hat es in Rußland verboten! Die Wahrheit in ihrer schönsten, reinsten Gestalt verboten! Er selbst wurde nach Sibirien verschickt, um dort zu ›bereuen‹, daß er die Wahrheit gesprochen hatte. Bist du heute stark, Anna?«

»Ach ja,« antwortete sie.

»So daß du mich mit Ruhe aus einem alten Buche lesen hören kannst, ohne daß du rot wirst?«

»Welchem Buche?«

»Der ›berühmten‹ Russia des Wahrheitszeugen Wallace.«

»Paul Petrowitsch, du bist selbst nicht ruhig, wenn du dieses Wort: Wahrheitszeuge sagst.«

»Nein, aber ich will mich üben! Willst du auch?«

»Ja, aber ich glaube, die alten Worte sind in uns so eingebrannt, daß wir das Echo in uns hören werden, oder unser Gehirn wird sich dagegen auflehnen.«

»Ich fühle mich heute so ruhig und heiter, daß ich in Doktor Mackenzie Wallaces Buch lesen möchte.«

»Du hast dieses Wort Doktor in einer verächtlichen Weise ausgesprochen, die zeigt, daß du nicht ruhig bist.«

»Nun wohl, ein Grund mehr, um zu lesen.«

Paul stand auf und holte das erwähnte Buch. Dann bat er die kleinen Mädchen, in den Garten zu gehen und Jasmin zu pflücken. Er blätterte in dem Buche, aber seine Finger bebten. Dann las er mit fester, lauter Stimme, ohne jeden tendenziösen Tonfall.

»Viele der Agitatoren behaupten, Schüler Tschernyschewskys zu sein, eines Mannes, der während der Emanzipationszeit eine besonders hervorragende Stellung in der russischen periodischen Literatur einnahm und später nach Sibirien verbannt wurde, wo er sich noch aufhält, doch glaube ich nicht, daß er sie in dieser Eigenschaft anerkennen würde.«

Anna machte eine Handbewegung, und das Blut schoß ihr ins Gesicht. Aber Paul fuhr fort: »... und ich bin völlig überzeugt, daß er keinerlei Sympathie für jene Exemplare der Kategorie hegen würde, die mir zu Gesicht gekommen sind.«

Anna machte eine Drehung auf dem Strohsessel, so daß seine Füße auf dem Sande scharrten. Aber Paul fuhr fort zu lesen, ebenso tonlos wie bisher. »Mit Ausnahme eines Romans, den er im Gefängnis schrieb und der billigerweise (hier betonte er das Wort, aber fing den Satz noch einmal von vorne an, ohne ›billigerweise‹ zu betonen) nicht als Ausdruck seiner wirklichen Ansichten in besonnenen Augenblicken angesehen werden darf, zeigen seine Schriften stets recht viel gesunden Menschenverstand und Mäßigung. Tschernyschewsky hat doch seinerzeit unleugbar recht wirksam zu einer guten Lösung der Emanzipationsfrage beigetragen, systematisch alle Vorschläge zu törichten politischen Demonstrationen abgelehnt und wird wohl heute nach den fünfzehn Jahren der Verbannung die Verfehlungen seiner Jugend hinlänglich gesühnt haben.«

»War das gut gelesen?« fragte Paul und schöpfte Atem.

»Gut,« antwortete Anna.

Paul fuhr fort: »Schließlich wollen wir untersuchen, in welchem Maße diesen geheimen Gesellschaften überhaupt wirkliche Bedeutung zuzumessen ist. Bilden sie eine wirkliche Gefahr für den Staat? Ich glaube, daß jeder, der Rußland gut kennt, nicht zögern wird, diese Frage mit Nein zu beantworten. Selbst einige der Agitatoren haben den Wahnwitz ihrer Unternehmungen eingesehen.«

Paul sah von dem Buche auf und fand das Gesicht seiner Frau aschfahl. Er stand auf und trug das Buch hinein.

»Für heute mag es genug sein,« sagte er. »Aber es tut gut, Anna, sich zu üben. Jedesmal, wenn ich ein altes Buch lese, fühle ich, wie ich gewachsen bin. Heute konnte ich lächeln.«

»So weit bin ich noch nicht,« sagte Anna. »All diese Worte, die du lasest, habe ich meinen alten ehrwürdigen Vater mit dem Tonfall der Überzeugung aussprechen hören.«

»Und dein alter ehrwürdiger Vater hatte sie wahrscheinlich von seinem ehrwürdigen Vater gehört. Es ist gefährlich, ehrwürdige Väter zu haben. Wie dem auch sei: Tschernyschewsky, der tot ist, braucht die ›Verfehlungen seiner Jugend‹ nicht mehr zu bereuen. Jetzt, nach zwanzig Jahren, ist sein Evangelium deutsch erschienen, bei dem größten, angesehensten Verleger Deutschlands, in drei schönen Bänden, Fürst Bismarcks Sozialistengesetz vor der Nase. Was sollen wir dazu sagen? Wäre ich ein Christ, ich würde Sonntag zum Abendmahl gehen und Gott danken, daß er so gnädig gewesen.«

»Das ist ein großes Ereignis, Paul Petrowitsch, so groß, daß wir die Folgen jetzt gar nicht ermessen können. Jetzt wird die Welt es also erfahren.«

»Nicht so große Worte, Annischka. Die Welt hat es schon vorher geahnt, aber jetzt wird die Welt es fühlen, denn Tschernyschewsky hatte die Liebe, und darum müssen seine Worte reden. Wenn die Sonne, die eine Gottheit ist, ein Aas zum Leben küssen kann ... Hm. Warum sollte sie nicht einen Brief zum Leben küssen können? Jetzt hab' ich's!«

Paul stand auf und trat an den Tisch, auf den er Brief und Karte gerade in die Sonne gelegt hatte.

»Sie, Annischka, sieh,« sagte er und hielt den Brief in die Höhe, »von Dimitri.«

Der Brief, der offen in der Sonnenglut gelegen hatte, war jetzt mit einer Unzahl von kleinen rotgelben Buchstaben bedeckt, die mit sympathetischer Tinte geschrieben waren, vermutlich mit dem Saft der Ringelblume, und die die Hitze der Sonne nun zum Vorschein gebracht hatte. Paul las den halben Brief vor. Er handelte von der »Sache«, wie die Verschworenen es nennen. Dann las er die zweite Hälfte für sich. Anna wollte nach dem Inhalt fragen, aber sie besann sich, denn es widersprach ihrer Vereinbarung, nach Dingen zu fragen, die der andere Teil nicht mitteilen wollte. Paul steckte den Brief in die Tasche.

»Wollt ihr eine Fahrt auf dem See machen?« fragte er. »Es ist heute Johannistag, wir wollen uns Ruhe gönnen.«

Er stand auf, um eine Nervenattacke zu verbergen, die sein Gesicht wieder verzerrte. Auch Anna erhob sich, um die Kinder anzukleiden.

Um die Mittagszeit stiegen sie in Duchy in ein Boot; und Paul ruderte auf den See hinaus. Die Sonne schien strahlend, und alles war hell und blau. Die Buchen- und Kastanienwälder der Savoyer Berge sahen wie zottige Felle aus, und oben auf der Cornette de Bize lagen noch ein paar Schneeflecke. Die Waadtländeralpen im Osten hinter Chillon erhoben sich wie eine altersgraue Riesenkathedrale, und die beiden Türme Mayen und d'Aï erhoben sich über den Bergkämmen gleich einer von Giganten erbauten Notre-Dame. Lächelnd lagen die Weinberge von Lavaux da, Terrasse über Terrasse, wie gewaltige Treppen zu den Felsentempeln von Cubly und Folly. Der fast wagrechte Rücken der Dent de Morcles stand wie ein achttausend Fuß hoher mexikanischer Stufentempel da, dessen Dach schimmernd weiß war von frisch gefallenem Schnee. Ferne im Westen verschmolz der Genfer See im Sonnenrauch mit dem Lande und lag scheinbar offen, unendlich da, ohne Horizont wie das Meer. Aber verweilte das Auge eine Zeitlang bei der Betrachtung des Sonnenrauchs, schimmerte der blaue Jura wie eine lange, leichte Sommerwolke durch.

»Ist es nicht so, wie man sich vorstellt, daß es im Himmel sein müßte?« sagte Anna.

»Es ist ein schönes Land,« antwortete Paul. »Aber es ist doch nicht unser Land.«

»Siehst du, wie tief der Eigentumstrieb in uns steckt, Paul Petrowitsch,« sagte Anna. »Es ist nicht unser! Aber die Erde gehört doch allen!«

»Sollte! So ist es gewesen, und so kann es wieder werden!«

Er ruderte über das ruhige Wasser, das schimmernd von den Rudern tropfte. Man war nicht frohgestimmt, und schweigend erreichte man eine Landspitze in der Nähe von Lutry, wo eine kleine Auberge mit Weinlauben und den grünweißen Flaggen des Kantons winkte.

»Wie wär's, wenn wir hier ans Land gingen und uns im Schatten der Bäume abkühlten?« sagte Paul.

Anna hatte nichts dagegen. Sie legten an und wanderten hinauf.

Im Hofe an einem großen Tische saß die Wirtin und plissierte ein buntes Seidenkleid. Es war eine vierzigjährige dicke Frau, deren gedunsenes Gesicht auf Wohlleben und Trägheit deutete. Neben ihr stand ein Mädchen von zehn Jahren und spielte Reifen. Die Wirtin hatte ein Glas Portwein vor sich und machte keine Miene, die Gäste zu bedienen, sie schien anspruchsvoll und selbst gewohnt, den Gast zu spielen. In der Türe zu dem kleinen Chalet zeigte sich nun eine hohe, dunkle Frauengestalt von einigen dreißig Jahren, in einem hypermodernen Morgenkleide, das alles tat, um prächtige Körperformen zu verraten. Ihr Gesicht war leichenblaß, aber voll, und die großen schwarzen Augen waren in blaue Vertiefungen eingefaßt, wie Diamanten, die auf schwarzen Sammetkissen in einem Etui liegen. Ihre Gesichtszüge hatten etwas von der versteinerten Ekstase der Medusa, ein ewiger gefrorener Zug von Wollust, der aber auch grenzenloser Schmerz sein konnte, lag um die Mundwinkel. Sie maß Annas Figur vom Scheitel bis zur Sohle, musterte ihr Kleid, ihre Schuhe, ihre Hände und ihr Haar, als wollte sie sie untersuchen oder ihr eine Idee in der Art sich zu kleiden, abgucken. Mit einem trotzigen Lächeln wandte sie sich an Paul und fragte, was ihm gefällig sei.

»Zwei Syphons,« antwortete er, ohne sie anzusehen.

»Und dazu?« fragte die Medusa.

»Gläser,« sagte Paul.

Die Medusa wurde noch bleicher, stolz wie eine Opernkönigin wandte sie sich ab und ging.

»Warum mußtest du so unfreundlich gegen eine Unglückliche sein?« fragte Anna.

»Vielleicht unglücklich, vielleicht glücklich und schuldig!« sagte Paul.

»Immer unglücklich, zuweilen schuldig,« sagte Anna.

»Wer sich verkauft, hat total mit der Natur gebrochen.«

»Not bricht Eisen!« sagte Anna.

»Geht und spielt mit dem kleinen Mädchen!« sagte Paul zu Vera und Sofia.

Die Kleine mit dem Reifen sah die Kinder spöttisch an und flüsterte mit der Wirtin. Vera und Sofia rührten sich nicht.

»Geht und spielt mit dem Mädchen!« sagte Anna.

»Nein, ich will nicht,« sagte Vera und ergriff die Hand der Schwester.

»Warum willst du nicht, Vera?« fragte Anna.

»Sie ist nicht nett,« sagte Vera und sah die kokette Zehnjährige mit ihren großen traurigen blauen Augen an.

»So laß es, Vera,« sagte Anna, »aber woher weißt du, daß das Mädchen nicht nett ist?«

»Das weiß ich nicht,« sagte das Kind und schmiegte sich an die Mutter.

Die Medusa kam zurück und stellte die Syphons nachlässig hin, ohne ein Wort zu sagen. Dann setzte sie sich an den Tisch zu der Wirtin und nahm ein Hemd zur Hand, dessen Spitzen sie festnähte. Von Zeit zu Zeit warf sie einen Blick auf Anna, als wollte sie sie herausfordern.

»Johannistag heute,« sagte Paul und schenkte die Gläser voll.

»Du bist traurig, Paul Petrowitsch!« sagte Anna.

»Ach ja,« antwortete Paul, »ich war zu alt, um noch ein neuer Mensch werden zu können.«

Da kam durch die Gartentüre von der Landstraße her ein Mann in mittleren Jahren, den Paul als einen Kaufmann aus Lausanne erkannte. Er zog seinen Strohhut und grüßte Paul, lächelte Vera zu und ließ sich am Tisch der Wirtin nieder. Dann bestellte er einen Drittelliter Villeneuve und drei Glas Portwein, zu welch letzterem er die drei Damen einlud, die mit ihm tranken und ein Gespräch in dem Patois des Landes anknüpften, während sie von Zeit zu Zeit einen Seitenblick auf die Gesellschaft nebenan warfen.

»Jetzt,« sagte Paul, »erzählt er, daß wir russische Flüchtlinge sind, landesverwiesen, und sie gucken sich alle die interessanten Herrschaften an! Wie interessant, landesflüchtig zu sein; wie interessant, aus der Erde gerissen zu werden wie ein Baum und mit entblößten Wurzeln in der Sonne dazuliegen und zu fühlen, wie der Saft unter der Rinde eintrocknet. Wie interessant, wohin man kommt, sich nicht legitimieren zu können, weil man keinen Paß hat, wie interessant, auf dem Postamt, einen verkleideten Polizisten neben sich stehen zu sehen, wenn man einen Geldbrief in Empfang nehmen will; wie interessant, aus einer Bibliothek, einem Museum ausgewiesen zu werden, weil man kein Zeugnis von seiner Regierung hat, daß man kein Volksverräter ist; wie interessant, in einem fremden, freien Lande nicht zu dem Repräsentanten des Landes, dem Agenten der großen Jesuitenliga, dem Konsul, gehen und seinen Schutz anrufen zu können, wenn man übervorteilt, beschimpft, trackassiert wird. Aber am allerinteressantesten war es doch, als die Kinder von der Promenade in Ouchy zurückkamen und ihren Eltern Grüße von seinen Russen brachten, denen sie begegnet waren und von denen sie fragen gelernt hatten, ob Papa und Mama denn nicht bald heiraten würden! Siehst du die Medusa, wie sie dich jetzt anglotzt, Anna? Wie vergnügt sie aussieht, weil der Kaufmann ihr erzählt, daß du nicht mit mir getraut bist! Siehst du, wie sie dich verachtet! Sie, die so vorurteilslos für sich selbst ist, sie verachtet dich! Hörst du's? Getraut? Sie, die sich mit dem erstbesten Gesellen trauen lassen wird, wenn sie ihr Leben satt hat, nur um ihren Namen zu wechseln und ihre alten Tage gesichert zu haben! So vorurteilsvoll ist das vorurteilslose Weib!«

»Wer hat sie so gemacht, Paul?«

»Die Erziehung, das ist wahr! Ich war ungerecht! Aber laß uns gehen! Es ist mir eine Qual, hier zu bleiben!«

»Nein, bleibe doch, Paul, es tut uns gut, das alte Leben leibhaftig vor uns zu sehen. Es wird uns abhärten.«

»Johannistag heute!« fuhr Paul fort und blieb sitzen. »Jetzt spricht er davon, daß du eine vornehme Dame warst, die sich in den Studenten der Medizin verliebte und nach dem ›Großen Ereignis‹ mit ihm ins Leben hinauszog. Und er, der Kaufmann, ist getraut, aber verheiratet kann man ihn nicht nennen, denn wäre er das, er würde nicht am Vormittag hier sitzen und sich mit leichtfertigen Frauen berauschen und dann zum Mittagsmahl heimkommen und an der Frau und dem Essen herumnörgeln.«

»Du bist heute schwach, mein lieber Paul,« sagte Anna. »Du kannst dich nicht davon freimachen, das Urteil anderer zu spüren.«

»Ich bin heute schwach,« gestand Paul zu. »Aber das hat seine Gründe, wenn nicht seine Entschuldigungen. Wir ertränken unsere Vorurteile wie Katzen mit Steinen um den Hals, aber wenn die Schnur verfault ist, dann steigen die Leichen wieder in die Höhe.«

»Sag mir doch, was Dimitri schreibt,« sagte Anna, »denn ich weiß, daß es dies ist, was dich quält, und es wird dir dann leichter ums Herz sein.«

Paul zog den Brief heraus, den er vorhin empfangen hatte, entfaltete ihn auf dem Tische und las: »Ich kam also zufällig durch Butyrki. Du kannst Dir vorstellen, mit welcher Bewegung ich das liebe alte Haus wieder sah, an dem kleinen See, wo wir so viele schöne Stunden verlebt haben, Du, Deine Frau und ich. Ich sah das Häuschen, dessen grüne Fensterläden Du und ich an einem Samstagnachmittag malten, als Anna in der Stadt war. Der Regen hatte die Farbe abgewaschen, denn wir hatten zuviel Terpentin genommen, Paul. Die Fliederhecke, die wir vor dem Erker gepflanzt hatten, stand wie ein dürrer Reisigzaun da, denn die Tiere hatten die Erde von den Wurzeln weggestampft, so daß diese bloß lagen, von deinen Rosenbüschen war keine Spur zu sehen, denn die Leute, die in dem Häuschen gewohnt hatten, hatten sie »angegossen«. Ich ging durch das Pförtchen in den Garten. Davon war nichts mehr zu sehen. Er war ganz von Disteln überwuchert. Ich suchte die Erdbeerbeete, aber sah nur Disteln, große flaumige Milchdisteln, von den Apfelbäumen waren nur Gruben in der Erde zu sehen, man hatte sie fortgenommen. Die Stachelbeersträucher hatten noch einen Funken Leben, aber sie waren teils verkümmert, teils entartet, so daß die großen englischen nur grüne Beeren trugen, so klein wie die Erbsen. Aus dem Kernbeet hatte man einen Kehrichthaufen gemacht. Ich will Dich mit weiteren Einzelheiten verschonen. Als ich Nikolai ausfindig machte, der sich in einem Heuschober versteckt hatte, sagte er mir, Andreas hätte den Garten mit Absicht ruiniert. Aber als ich dann Andreas traf, sagte er, Nikolai habe, als Dein Haus konfisziert wurde, die Bäume und Pflanzen den Nachbaren verkauft. Wenn ich daran denke, wie gut Du gegen diesen Nikolai gewesen bist, wie Du ihn als Deinen Freund angesehen hast, wie Du – und so weiter,« brach Paul ab. »Deine Stute Fanny sah ich den Pflug ziehen (das ist recht, wir sollen alle arbeiten,« murmelte Paul), »da ... (und so weiter). Dann kam ich in den Stall. Welcher unheimliche Zufall mich gerade an diesem Tage hingeführt hatte, weiß ich nicht, denn man schlachtete eben. Und wer lag da blutend, mit verdrehten Augen und einer großen Wunde im Halse? Liesel, die Leitkuh (et cetera) ... Aber als ich, nachdem ich diese Greuel der Verwüstung gesehen hatte, durch das Dorf heimging und vor jeder Hütte einen blühenden Obstbaum stehen sah, da dachte ich: ›Paul hat für die Freude anderer gearbeitet, und wo er gesät hat, dürfen sie ernten, und darum nimmt wohl Paul diese, an und für sich nach landläufigen Begriffen unangenehme Sache als etwas, wenn auch nicht gerade Freudiges, so doch auch nicht als ein Übel, denn Paul ist ein neuer Mensch und will nicht nur für sich und die Seinen arbeiten.‹« Er hielt inne und faltete den Brief zusammen.

»Ist es jetzt leichter?« fragte Anna.

»Ja, in gewisser Weise ist es schwer, aber ich fühle mich freier. Nicht umsonst hat Jesus von Nazareth seinen Jüngern verboten etwas zu besitzen. Nichts bindet den Geist so wie Eigentum. Die Furcht, zu verlieren, läßt keinen Frieden, die Hoffnung, zu erwerben, keine Ruhe. Ist es darum zu verwundern, daß die neuen Menschen vor allem an die Befreiung vom Eigentum gedacht haben, ganz wie die ersten Christen? Jetzt bin ich frei, Anna, und jetzt will ich von meiner Freiheit Gebrauch machen.«

»Aber Nikolai, dein Freund! Das ist schmerzlich.«

»Als Verlust, ja! Aber wir müssen lernen, die Freunde nicht als unser zu betrachten, nicht als unser Eigentum. Aufrichtig gesagt tut es mir mehr um Fanny leid, sie, die es gewohnt war, vor der Tarantaß zu tanzen und gestriegelt und geliebkost zu werden. Arme Fanny, sie hat eine so feine Erziehung genossen. Willst du jetzt nach Hause fahren, Anna?«

Sie standen auf und gingen zum Boot.

*

Paul Petrowitsch erwachte an einem Märzmorgen um drei Uhr. Es war ihm, als hätte er seine Frau rufen gehört, aber wie er jetzt in seinem Bette lag und horchte, hörte er nichts. Es war still im Hause, still draußen. Durch die Läden sah er das Morgenlicht einfallen, von den Stäben der Jalousien schwach schilfgrün gefärbt. Das war seine Freude, diese weihevolle Stille, an die er als Städter nicht gewöhnt war. In dieser Stille hörte er Stimmen, friedevolle, hoffnungsvolle, liebevolle Stimmen, die ernste, klare Worte von der Zukunft sprachen, er hörte die Erinnerungen der Vergangenheit als klagende, schmerzerfüllte Weherufe, die zur Hilfe für die Leidenden mahnten.

»Quivitt, quivitt, quivitt,« begannen jetzt die grauen Spatzen draußen. Sie waren die ersten, die Tag machten. »Quivitt-quivitt, quivitt-quivitt,« ertönte es jetzt aus einem anderen Gesträuch, wo eine andere Familie sich für die Nacht niedergelassen hatte. Die schwarze Amsel erwacht und schlägt ihre Mollfigur, die Gesang sein will, aber nur ein Ansatz wird, melancholisch, als fühlte die Sängerin den Schmerz, mit dem Drange, aber ohne die Begabung geboren zu sein. Der Buchfink, der vergnügt ist, obwohl er nur ein kurzes Liedstümpfchen von ein paar Takten kann, stimmt ein, lebenslustig, immer parat, ohne Furcht, sich zu wiederholen; der Laubsänger, der weiß, daß er der erste Tenor ist, beginnt nun mit seiner Arie, die kein Meisterstück ist, aber doch ein Thema mit Variationen von respektabler Länge hat. Da erwacht in den anderen der Wetteifer, vielleicht auch die Mißgunst, und von Lorbeerbüschen, Zypressen, Zedern, Aukuben, Mahonien, Buchsbaum, von allen erdenklichen Sträuchern und Bäumen, die im März Wintergrün sind, erhebt sich ein ohrenbetäubender Chor, durch den doch immer die starken, wehmütigen, verstimmten Töne der schwarzen Amsel durchdringen.

Paul steht auf und öffnet die Balkontüre. Ein Meer von Licht strömt ihm entgegen. Die Sonne ist noch nicht aufgegangen, aber blau wie ein herabgefallener Himmel liegt der See da. Aus seinen Tiefen erheben sich die Savoyer Alpen, und auf ihrem großen, dunklen Prospekt sind die vier Jahreszeiten gemalt. Unten am Strande stehen die immergrünen Bäume und Sträucher, unter denen der Laurus Tinea augenblicklich mit weißen Blüten übersät ist wie im Sommer; in den Gärten wachsen Lattich und Kohl. Darüber in der Region des Frühlings blühen die Pfirsichbäume mit ihrem rosenfarbenen Schnee, da schimmern die Walnußbäume lichtgrün, und da blühen Primeln und Anemonen. Höher oben steht der Buchenwald noch braun wie im Herbst, und ganz in der Höhe liegt der Schnee, bläulich weiß, glänzend, aber gerade jetzt schillert er in dem ersten Schein der Morgenröte rosig. Und jetzt singen alle Vögel auf einmal. Und über dem scharfen Kamm des Rocher de Naye steht ein Lichtbogen, der rotgelb verändert ist wie die Schale einer Apfelsine. Und durch eins Spalte schießt ein Blick, ein Strahl, der über die Wiesen huscht und den Tau trocknet, ein neuer Strahl, ein ganzes Büschel, und nun kommt der obere Rand der Sonnenscheibe, schwankend, zitternd, als knarrte ihre alte, abgenützte Achse. Und die Schatten ziehen sich scheu zu den Füßen der Berge zurück und verbergen sich in den Tannenwäldern, um dort in der Kühle bis zum Abend zu ruhen.

Paul ging über den Balkon zum Fenster seiner Frau hin. Die weiße Gardine war nicht ganz zugezogen. Er sah nicht sie, aber er sah die zwei Kinder. Vera hatte den Kopf an den äußersten Rand des Kissens gelegt, und ihr ausgestreckter Arm mit dem geöffneten Händchen hing über dem Bett herab. Ihr Gesicht war vom Schlafe gerundet, und der Mund war geöffnet, weiße Zähnchen zeigend, die noch keinen Fleck aufwiesen. Das Gesichtchen lächelte und er glaubte dem Blick der blauen Augen durch die Augenlider zu begegnen. Paul seufzte schwer, so, als sähe er seine teuerste Hoffnung von etwas Unbekanntem bedroht. Jetzt hörte er ein schwaches Ächzen aus dem Bette seiner Frau, aber er wollte sie nicht wecken. Vermutlich träumte sie etwas Böses, aus jener Vergangenheit, die sich nie vergessen ließ. Er ging wieder in sein Zimmer, kleidete sich an und ging in Strümpfen in den Garten hinunter. Er sah sein Spalierobst an, seine Aprikosen und Pfirsiche, die schon abgeblüht waren und kleinwinzige Früchte zeigten, er begrüßte seine Bienen, die schon an der Arbeit waren, und dann wollte er in den Stall gehen, als er von oben aus dem Zimmer seiner Frau einen lauten Jammerruf hörte. Er lief die Treppe hinauf und lauschte an der Türe. Jetzt hörte er seinen Namen jammernd rufen. Er klopfte an und trat ein. Da lag Anna und wand sich, das Gesicht hochgerötet vor Schmerz.

»Warum, Anna Iwanowna, hast du nicht getan, wie ich dich bat, und die Frau beizeiten vorbereitet? Jetzt stehen wir da: Bernhard ist bei den Seinen, und ich muß dich allein lassen.«

»Keine Vorwürfe jetzt, Paul, Lieber, eile dich!«

»Verzeih, Geliebte,« sagte Paul und streichelte ihre heiße Stirn.

Vera erwachte bei den erneuten Jammerrufen der Mutter. Sie richtete sich im Bette auf, sah die Mutter entsetzt an und sagte: »Nichts der Mama zuleide tun, Papa.«

»Nein, geliebtes Kind, Papa tut Mama nichts zuleide, aber Mama ist krank.«

Paul küßte seine Frau und lief hinaus. Aber als er zum Tor kam, hörte er ihren Aufschrei durch den Vogelgesang dringen wie ein Notruf, wie ein Warnungsruf für jene, die jetzt jubelnd Hochzeit feierten, ohne Furcht, ohne Gedanken an den Schmerz der Geburt, den Schmerz des Todes.

Er lief die Anhöhe in der Richtung nach Lausanne hinauf, lief so, daß das Herz in ihm flatterte und das Blut im Hirn hämmerte. Er war bei dem kleinen Friedhof mit der schwarzen Zypresse angelangt, als mit einem Male seine Beine stehen blieben und es in seinem ganzen Körper zu zucken begann, zu zucken, so, wie sein Gesicht zuweilen zu zucken pflegte. Er stand ganz regungslos da und klammerte sich an das Staket des Kirchhofs. Da sank er nieder und kam nicht von der Stelle, denn seine Knie hatten sich gebogen und der Körper sich zusammengekrümmt, wie unter der Einwirkung einer galvanischen Batterie. Er sah den Friedhof mit den überwucherten Gräbern durch die Stäbe des Stakets, und er wäre bewußtlos geworden, hätte er sich nicht die Hände an einem Nesselhaufen verbrannt. Da erwachte er zur Besinnung, dachte an seine Frau und schrie um Hilfe. Am Fenster der katholischen Kapelle gegenüber dem Friedhof zeigte sich jetzt ein feistes blauschwarzes Gesicht in weißer Nachtmütze. Es war der Pfarrer, der eben aufgewacht war und den Ruf gehört hatte. Als er Pauls verzerrtes Gesicht und seine zusammengesunkene Gestalt sah, glaubte er, es sei ein Betrunkener, der von einem nächtlichen Gelage den Weg nach Hause suchte, und er schloß das Fenster sogleich mit dem einzigen Worte »Saufbold«.

Aber Paul rief weiter um Hilfe. Er ballte die Faust gegen den Himmel, er raufte sein Haar, er fluchte jenen, die im Gefängnis seine Kräfte gebrochen hatten, um ihn dazu zu bringen, das zu gestehen, was er nicht wußte, und nun bereute er, daß er damals einem nahe bevorstehenden Tod entflohen war, denn das Leben war in diesem Augenblick schwerer für ihn, als er es nur je erdichten konnte. Er dachte mit Bedauern an die Tortur in St. Petersburg, wo er allein gelitten hatte, während er jetzt für sie litt, für eine andere, und er mußte sich gestehen, daß das Gefühl für andere stärker ist als das Gefühl für uns selbst. Er sah die Kammer, wo Anna allein mit den Kindern lag, ihre Schmerzensschreie unterdrückend, um sie nicht zu erschrecken.

Als er eine Zeitlang gerufen hatte, kam ein in der Nähe wohnender Pächter heraus und eilte auf ihn zu.

»Was gibt es?« fragte er teilnehmend.

»Ich bin krank,« antwortete Paul, »aber meine Frau liegt in Kindesnöten, laufen Sie um Himmels willen zur Hebamme in Lausanne und bitten Sie sie, sogleich zu dem Rosenzüchter in Ouchy zu kommen. Kümmern Sie sich nicht um mich, laufen Sie, der Himmel wird Sie segnen.«

Der Pächter wollte zuerst Paul helfen, doch dieser lehnte sein An-
erbieten ab und begann den Hügel zu seinem Heim wieder hinun-
terzukriechen.

Von Zeit zu Zeit machte er halt und räumte die scharfen Steine
aus dem Weg, und dann fluchte er. Wer ihm begegnet wäre, hätte
gemeint, eine Schildkröte zu sehen, die sich zu erheben versuchte,
um aufrecht zu gehen und dem Himmel ins Auge zu sehen, wie die
Herren der Schöpfung. Der Schweiß rann Paul über Gesicht und
Bart, und der Speichel schäumte um seinen Mund.

»Siehe, der Mensch,« brach er aus, »siehe, den Menschen, zu Boden geworfen von den Herren der Welt! O Gott, Deus optimus, ma-
ximus, sieh, wie deine Stellvertreter die Menschenkinder in Kriech-
tiere verwandeln und ihnen das Rückgrat brechen, wenn sie das
Haupt erheben wollen! Sieh, wie sie dein Meisterwerk geschändet,
wie sie es verstanden haben, die größte Erfindung der Zeit, des
Genies zu verwenden, die dazu hätte dienen sollen, ein Sprachrohr
zwischen den Völkern zu sein! Sie haben den Blitz vom Himmel
gestohlen, um uns mit Lahmheit zu schlagen, ach Herr, wie lange
noch?« Dann faßte er sich, so, als schämte er sich, deklamiert zu
haben, und kroch weiter das Gäßchen hinunter.

Er kroch in das Gäßchen, das zu seiner Behausung führte. Da hörte er wieder die Jammerschreie seiner Frau. Er konnte nicht weiter
kriechen, denn diese Notschreie zerrten an seinem Rückgrat und
seinen Nerven. Aber jetzt rollte er sich, denn hin zu ihr mußte er.
Als er näher kam, hörte er auch die Kinder schreien, so verzweifelt,
so hilflos. Die Tränen liefen ihm über die Wangen und vermengten
sich mit dem Staub der Erde, so daß sein Gesicht ganz unkenntlich
war, als er endlich beim Brunnen anlangte, in dessen Steinbecken zu
kriechen ihm gelang. Das kalte Wasser schien beruhigend auf ihn
zu wirken, sein Körper begann sich wieder auszustrecken. Als er
die Wasserstrahlen eine Zeitlang über Nacken und Rücken hatte
spülen lassen, stieg er aus dem Bade, lief in sein Zimmer und
schlüpfte in einen trockenen Rock. Gleich darauf war er am Bette
seines Weibes.

»Sie kommt gleich,« flüsterte er, sich über sie beugend, »gleich.«

Dann trug er die Kinder in ihren Betten in das Zimmer nebenan
und begann sie anzukleiden, während sie immer: »Mama, Mama,«

riefen. Dann verließ er sie für einen Augenblick und ging zur Mutter hinein, die ihm ungestüm um den Hals fiel, während sie sich in Schmerzen wand. Dann lief er wieder auf den Balkon hinaus und spähte den Weg hinunter, ob die Erwartete nicht schon kam. Er betete zu Gott, denn er glaubte an einen Gott, wenn auch nicht an die Macht des Gebets, Einzelheiten in dem Gang des Erdenlebens zu ändern, er betete zu Gott, so, wie er es von Kind auf gelernt, denn er war jetzt schwach. Und die Natur dort draußen lächelte so disharmonisch zu seinem Jammer, und die Vögel sangen ebenso munter wie zuvor. Und dann mußte er wieder hinein, um Sofia mit dem Strumpf zu helfen, den sie verkehrt angezogen hatte, und dann wieder zu Anna, wenn die Krämpfe kamen und sie die Arme um seinen Hals schlingen mußte, sich im Bette aufbäumend, als wollte sie mit ihm an ihrer Brust sterben. Und dann legte sich nach einem neuen Aufschrei der Sturm wieder, und sie lag da ruhig, mit rosigen Wangen, gelöstem Haar und glühenden Augen.

Dann mußte er Feuer im Herde machen, das brauchte man, wenn das Kleine kam. Er lief zu Vera und Sofia hinein und kramte alle Bücher mit Bildern, alle Photographien aus, die er nur hatte. Und dann mußte er die Kommodenlade herausziehen und kleine Kindersachen und anderes hervorsuchen, was Anna ihm von ihrem Lager aus beschrieb. Und dann hinunter in den Keller, die Badewanne holen.

Als er mit der Badewanne die Treppe heraufkam, hörte er einen furchtbaren Aufschrei, ärger als alle früheren, und als er in die Kammer trat, lag Anna mit einem seligen Lächeln stumm da, matt, ruhig und tief atmend. Unter der Decke hörte man ein Wimmern, das anstieg und zu jenem schwachen lebenslustigen Geschrei wurde, das Paul so wohl kannte. Er war froh, denn er wußte, daß es nun überstanden war, er war Arzt und wußte, daß jede Verzögerung Gefahr bedeutete, aber er konnte sich nicht entschließen, die Decke zu heben, nein, er war noch zu sehr »alter Mensch«. Welche Frau immer, aber nicht seine Frau. Er fühlte sich in einem neuen satanischen Dilemma, ebenso schwer wie das frühere, aber er konnte sich nicht entschließen, er konnte nicht. Warum nicht? Das wußte er nicht, aber so war es. Da hörte man Schritte auf der Treppe. Er stürzte hinaus und begegnete der erwarteten Frau. Er umarmte sie und schob sie ins Zimmer. Dann holte er die Mädchen und führte sie in den Garten hinunter.

Nun atmete er leichter, aber die Beine zitterten ihm noch. Er sah zu den Bergen hinan, die standen so fest und schimmernd da, wie immer, und der Himmel war hell. Er pflückte die schönsten Tazetten und Tulpen und band einen Strauß aus lauter hellen Farben, keine blutroten, keine brandgelben, nur weiße und rosafarbene, die dem Auge wohltaten.

Nach einer halben Stunde trat die Frau auf den Balkon hinaus und winkte ihm. In einer Minute war er oben und hielt seinen Sohn in den Armen. Seinen Sohn! Es war eine wunderliche Freude, nie zuvor gefühlt, er konnte eigentlich nicht fassen, warum ihm dies mehr Freude machte, als seine erste Tochter. War es sein Abbild, das er umarmte? War es ein neues Ich, in dem er hoffte, all seine Träume vom neuen Menschen verwirklicht zu sehen, ein Schößling des alten Stammes, der neu, frisch heranwachsen sollte, der nicht all diese Torheiten lernen würde, die er hatte lernen müssen und die sich nun wie Unkraut nicht auf einmal ausrotten ließen, ein Repräsentant des kommenden Geschlechts, der vielleicht mit neuen Gedanken, einem neuen Hirn, einem neuen Herzen geboren war! Vielleicht! Er legte den Sohn an den Busen der Mutter, wo er schlummern und wachsen sollte, indes die Eltern daran arbeiteten, dem Manne der neuen Zeit neue würdige Eltern zu schaffen.

Ein paar Tage später saß Paul Petrowitsch an Annas Bett. Ihr Gespräch stockte, und es war ganz still geworden, so daß man nur die leisen Atemzüge aus der Wiege des Neugeborenen hörte. Aber durch die Stille hörten sie, was jedes von ihnen dachte. Paul hörte, daß Anna dachte: »Jetzt haben wir schon so lange von Dingen gesprochen, die uns nicht im geringsten angehen.« Und Paul dachte: »Wohin will sie hinaus?«

Endlich begann Anna mit einer Stimme, die sie so weich als möglich zu machen trachtete, damit die Worte auch wirklich wie eine Bitte klangen: »Paul Petrowitsch, ich habe eine Bitte an dich.«

»Also etwas, das meinen Wünschen widerstreitet, Anna Iwanowna, denn sonst brauchtest du nicht zu bitten,« antwortete Paul unruhig.

»Ja,« sagte Anna niedergeschlagen.

»Jetzt kommt also das Unvorhergesehene! Sprich!«

»Sei mir nicht böse, Paul, verachte mich nicht, aber schlage mir meine Bitte nicht ab! Laß mich unseren Knaben taufen lassen!«

Paul blieb ziemlich ruhig sitzen.

»Ein Rückfall! hm! Das ist sehr natürlich, aber es gibt auch natürliche Dinge, die unangenehm sein können, wie zum Beispiel, wenn der Blitz durch einen Schornstein einschlägt oder ähnliches. Dieser Fall ist unerfreulich, Anna Iwanowna! Wir haben es verschmäht, uns eines Geistlichen zu bedienen, als wir heirateten, und nun sollen wir gehen und Abbitte leisten. Das ist wirklich peinlich.«

»Warum ist das peinlich, wir gehen doch nicht und leisten Abbitte. Und du sagst, wir! Du brauchst es nicht zu tun, ich kann es ja allein besorgen!«

»Das Kind hört doch auf jeden Fall nicht auf, auch mein Kind zu sein, und es läßt sich nicht fortdeuteln, daß mein Kind getauft ist. Das ist ein schlechtes Beispiel für die ›Freunde‹.«

»Schiebst du die Freunde zwischen mich und dich, Paul?« sagte Anna mit ziemlich hartem Tonfall.

»Nein,« antwortete Paul, »und du sollst dem Worte Freunde keine so häßliche Betonung geben, Anna Iwanowna. Du weißt, was die Freunde sind, Anna. Sie sind nicht eine Person oder mehrere, sie sind die Sache! Aber die Frage ist schwierig! Paul Petrowisch hält es für verwerflich, sein Kind den Herren der Macht oder der Gewalt angeloben zu lassen. Anna Iwanowna hält es für verwerflich oder so etwas Ähnliches, ihr Kind nicht taufen zu lassen. Was würde Salomo in diesem Falle sagen, Salomo der Weise nämlich? Was Salomo der Gesetzgeber geantwortet hätte, das wissen wir, aber Anna Iwanowna, wir wenden uns nicht an das Gesetz, das wir nicht anerkennen.«

»Darum habe ich Paul Petrowitsch auch gebeten, das Kind taufen lassen zu dürfen. Ich habe gebeten!«

»Ich will ein starkes Motiv gegen mich selbst suchen, Anna, Geliebte, damit ich dir den Willen tun kann. Die Freunde werden sagen: ›Paul Petrowitsch, der, als er sich verheiratete, den schmutzigen Pfaffen verachtete, hat nun seine Frau hinter seinem Rücken sein Kind taufen lassen.‹ Was wird Paul antworten?

»›Ich habe meiner Frau den Willen getan, weil ich sie liebe,‹ wird Paul antworten.«

»Aber dann werden die Freunde sagen: ›Er hat eine Frau mehr geliebt als die Wahrheit. Paul ist nicht der, den wir suchten!‹«

»So kann man aus etwas ganz Einfachem und Gleichgültigem eine große Sache machen.«

»Es ist nicht gleichgültig, ob man sein Kind der Unwahrheit angelobt. Und bedenke, Anna, wenn du es dann bereust, denn das wirst du!«

»Wann wird diese Reibung aufhören, Paul? Glaubst du, daß eine Vereinigung zwischen Gatten möglich ist, wenn wir gerade durch das Band, das uns vereinen sollte, den Druck am schlimmsten fühlen?«

»Unter den jetzigen Verhältnissen, glaube ich, daß nichts möglich ist, aber darum, Anna, gerade darum möchte ich so gerne, daß wir mit unseren Kindern den Anfang machen, die Verhältnisse zu ändern. Ich mache dir keinen Vorwurf, denn mir hätte dasselbe geschehen können, und dann wäre das gleiche Verhältnis eingetreten, nur umgekehrt! Was sollen wir tun? Denn ich tue nichts, ohne dich zu hören! Können wir in diesem Fall unsere Wünsche übereinstimmen? Können wir zugleich taufen und nicht taufen lassen? Können wir uns einigen, ohne daß der eine sein Gewissen preisgibt? Und muß sich nicht der eine dem anderen unterwerfen, gleichviel, wie die Entscheidung ausfällt? Und wenn die Unterwerfung vollzogen ist, dann ist das Bündnis gelöst, nicht wahr?«

»Es ist betrübend, Paul, aber was sollen wir tun? Ich kann nichts dafür, ich finde keine Ruhe, ehe das Kind nicht getauft ist! Es ist einfältig, es ist abergläubisch, aber ich kann es nicht ändern, hörst du?«

»Ich glaube es, Anna. Ich weiß, daß körperliche Erschütterungen die Seele gleichsam um und um drehen, so daß das, was auf dem Grunde lag, zu oberst kommt. Ich weiß, daß Sterbende Rückfälle ihres alten Kinderglaubens haben, und es wird immer als Beweis für Voltaires schlechten Glauben angeführt, daß er in bewußtlosem Zustand Rückfälle hatte. Ich weiß selbst, daß ich noch heute die Blasen in der Teetasse anschaue und dunkelscheu bin, weil mir mein Kindermädchen in meiner Kindheit derlei Aberglauben beibrachte. Du sollst dein Kind taufen lassen, Anna, aber ich will nichts damit zu tun haben! Und wir sprechen nie mehr über diese Sache.«

Anna ergriff seine Hand und küßte sie.

»Danke, lieber, geliebter Paul, du hast mich so unaussprechlich glücklich gemacht.«

»Aber wir wollen nie mehr darüber sprechen, Anna! Und ich hätte es dir ja gar nicht abschlagen können! Denn es ist dein Kind.«

»Und deines auch, und du hast das Gesetz auf deiner Seite, Paul, denn das Gesetz verfügt, daß das Kind der Religion seines Vaters folge. Aber das Gesetz ist von Männern gegen die Frauen gemacht.«

»Nein, Anna Iwanowna, das Gesetz ist von Männern und Frauen gemacht, denn wir haben auch Kaiserinnen gehabt, die Gesetze gegeben haben. Das Gesetz ist von den Männern und Frauen der Oberklasse gegen die Männer und Frauen der Unterklasse gemacht. Gerechtigkeit! Anna Iwanowna, laß uns Freunde sein, wenn wir gegen das Gesetz zu Felde ziehen.«

*

Paul hatte seinen Willen Annas Wunsch geopfert, aber er empfand das nicht als Unterwerfung. Anna hingegen hatte ein Geschenk von Paul angenommen und hatte das Gefühl, in seiner Schuld zu stehen. Das nächste Mal, wenn Paul einen Wunsch hatte, der ihr gegen den Strich ging, mußte sie die eigenen aufgeben. Ihre Ruhe war erschüttert. Sie sah täglich und stündlich ihren Gläubiger vor sich. Sie befürchtete jeden Augenblick, daß er sein Recht geltend machen könnte. Ihre Gedanken drehten sich um die einzige Frage: Was wird er fordern? Sie riet auf alles Erdenkliche, und an was immer sie dachte, widerstrebte es ihr, es preiszugeben, denn sie empfand es wie einen Eingriff in ihr Persönlichstes. Sie konnte nicht nein sagen, denn es war eine Schuld, und es hieß nur bezahlen. Ihre Seele war unfrei, denn sie hatte sie verpfändet. Aber sie konnte nicht darauf verzichten, das Kind taufen zu lassen, denn die Skrupel waren stark. Und auch wenn sie verzichtet hätte, Paul hatte seine Gabe ja schon dargebracht. Paul fühlte, daß etwas sich zwischen sie geschoben hatte, aber er konnte es nicht verscheuchen. Darüber zu sprechen, war unmöglich. Es war eben gekommen, und es stand da. Die Furcht, zu verletzen, einen Verdacht zu erregen, schüchterte ihn ein, so daß er anfing, verschlossen zu werden. Und er hatte ja jetzt keine Bürgschaft dafür, daß er bei Anna nicht noch auf andere Meinungen älteren Datums stoßen würde. Anna fühlte sich durch Pauls Zurückhaltung noch schuldiger, und je feinfühliger er war, desto mehr steigerte sich die Schuld. Seinen Gläubiger täglich und stündlich zu sehen, zu wissen, daß man von seiner Gnade lebte, rief eine Art kühles Gefühl hervor, das sich der Abneigung gegen Paul näherte. Andererseits fand Anna, daß sie mit ihren alten Gefühlen und Ansichten gleichsam einen Teil ihres Selbst wiedererlangt hatte. Es war beinahe eine Freude, zu fühlen, daß sie einen Gedanken hatte, den Paul nicht teilte, denn der war ihr ausschließliches Eigentum, etwas, was sie nicht von ihm hatte, denn alle die neuen Gedanken hatte sie ja von ihm. Daß sie die alten Gedanken von anderen hatte, von Eltern und Lehrern, das bedrückte sie nicht, denn sie hatte sie nicht von *ihm*, und das schien ihr die Hauptsache.

Der Tag für die Vornahme der Taufe war gekommen. Bernhard sollte Taufzeuge sein. Der Kleine war mit einem schönen Taufkleidchen herausgeputzt. Paul kam aus dem Garten in die Wohnung und half die kleinen Mädchen, die mit sollten, ankleiden. Dieser Edelmut machte auf Anna wieder einen unbehaglichen Eindruck. Sie versuchte darin einen Hohn zu lesen, aber das konnte sie beim besten Willen nicht. Nun waren sie angekleidet und zur Fahrt bereit. Anna sagte Lebewohl, ganz kurz. Paul küßte die Kinder. Er wollte sagen, sie möchten auf den Kleinen gut achtgeben, aber er überlegte es sich. Das tat Anna ja ohnehin. Und so fuhren sie.

Paul blieb in der Wohnung. Es war am Nachmittag. Es wurde ganz still und Paul, der noch nie allein daheim gewesen war, empfand dies ganz seltsam. Sie waren fort – alle, die seinen Willen an das Leben banden, dieses Leben, das ihm ohne sie eine Qual war. Für das Künftige hatte er genug getan, mehr als andere, und er glaubte nicht an Resultate vor Verlauf von mehreren Generationen. Als die erste Beklommenheit sich verflüchtigt hatte, setzte er sich auf den Balkon. Es kam ihm vor, daß er freier atmete. Er brauchte seine Gedanken nicht mit ermüdender Aufmerksamkeit zwischen sich selbst, seine Worte, sein Betragen zu teilen. Er dachte in der Einsamkeit und der Stille klarer. Und als er fühlte, wie die Gedanken rüstigen Schritts vorwärts gingen, ohne am Rock gezupft zu werden, ohne irgendwo anzustoßen, da wuchs sein Mut und seine Hoffnung. Er fühlte die Möglichkeit, sich aus diesem Labyrinth, in das die Erziehung ihn eingemauert hatte, herauszudenken. Die Zweifel verdunsteten, und er sah in all diesen zärtlichen Banden nur Bande. Man denke, eines Tages würde Anna verlangen, die Kinder zur Schule zu schicken – zur Schule, wo sie lernen würden, ebenso schlecht zu werden, wie er einmal war. Daß sie es verlangen würde, hatte er allen Anlaß zu befürchten. Dann mußte er seinem Gewissen wieder Gewalt antun, oder ihrem Willen. Aber hatte eine Mutter nicht das Recht, für das zu arbeiten, was sie für das Wohl ihrer Kinder ansah? Ja! Also würde er genötigt sein, ihrem Gewissen Gewalt anzutun. Das konnte er nicht. Er, der Gewissensfreiheit für alle erstrebte, sollte damit beginnen, ihre Gewissensfreiheit zu vergewaltigen! Nein! Aber tat er es nicht, dann würde es ja nie seinen Anfang nehmen, das Neue, das kommen sollte. Und machte er nicht mit seinen Kindern den Anfang, wer sollte dann den Anfang machen? Ja, er würde fortfahren, für die Veränderung des Ganzen zu arbeiten, für die Umgestaltung der Meinungen, dann würden sie schon nachkommen, die anderen. Und die Hoffnung, mit den Seinen den Anfang zu machen, die mußte er preisgeben um des Ganzen willen. So sollte es sein. Er würde seinen Weg gehen, seinen einsamen, furchtbaren Weg, gleichviel, wohin er führte. Es gab nichts anderes. So würde er etwas Großes und Nützliches leisten können. Es war ein grausames Opfer, es war eine bittere Enttäuschung, doch das Schicksal wollte es so! Aber wenn er es nicht vermochte, wenn er zu Boden sank? Dann mußten andere es aufnehmen. Doch keine großen Worte. Er wollte sich zuerst prüfen.

Er ging zum Schreibtisch in Annas Zimmer und schrieb auf ein Blatt Papier: »Ich reise für ein paar Tage fort. Lebewohl einstweilen. Dein Paul.« Dann tat er etwas Wäsche in seinen Nachtsack und wollte gehen. Aber in der Türe kehrte er um. Da stand die Wiege leer, aber mit einer kleinen feuchten Grube im Kopfkissen, da stand Veras Bettchen, da Sofias. Es legte sich wie eine schwarze Wolke vor seine Augen, aber er ging. Ging, hinunter zur Dampfschiffbrücke, um das Dampfschiff abzuwarten, das nach Evian am Savoyschen Ufer ging.

Die Brücke ragt weit in den See hinaus, und er glaubte, in die Unendlichkeit hinauszuwandern, vor dem Brückenkopf der blaue See und die blauen Berge, zwischen den undichten Planken schimmerte das blaue Wasser, es war wie ein Weg, der nirgendshin führt, ein Sprungbrett in die Ewigkeit. Er setzte sich ganz weit draußen auf eine Bank. Sein Kopf fühlte sich ausgeruht und arbeitete, ob aus Notwehr gegen andere Gedanken oder aus Lust an der Freiheit, wußte er nicht, aber zu träumen oder zu schwärmen hatte sein Hirn schon längst aufgehört.

Nun kam das Dampfschiff. Paul setzte sich aus das Vorderdeck, so daß er dem Schweizer Ufer den Rücken kehrte. Er fühlte ein unwiderstehliches Bedürfnis, etwas vorzunehmen. Er zog sein Notizbuch heraus und begann zu schreiben. Und so schrieb er, bis sie nach Evian kamen. Es ging nun gegen Abend. Er nahm ein Zimmer in dem anspruchslosen Lion d'Or, von wo er die Aussicht über den See und das Schweizer Ufer hatte. Nachdem er sich gewaschen hatte, setzte er sich an den Tisch, um das zu überlesen, was er geschrieben hatte. Es machte ihm Freude, denn es enthielt eine Menge neuer Gedanken, und er fühlte, daß sein Kopf frei und ohne störenden Druck gearbeitet hatte. Sein ganzes Dasein dehnte sich gleichsam aus, und er hatte dasselbe Gefühl der Vergrößerung, wie man es zuweilen empfindet, wenn man in der Dunkelheit wach liegt und glaubt, daß der Kopf unermeßlich groß wird. Er bestellte eine Tasse Tee und setzte sich damit an das Fenster. Er blickte zum anderen Ufer hinüber und sah die Kathedrale in Lausanne, den Turm in Ouchy und Beaurivage. Aber er empfand kein Unbehagen. Das große blaue Wasser lag zwischen ihm und dem verflossenen. Er war über einen Abgrund gegangen, er hatte die Brücken hinter sich abgebrochen und die Trümmer in die Tiefe geworfen. Es gab keine Rückkehr. Einen Augenblick schwindelte ihm, aber dann überwand er es.

Er ging in den einfachen Speisesaal und setzte sich an ein kleines Tischchen, um zu essen. An einem anderen Tische saßen zwei französische Bürger, die Kaufleute aus der Stadt zu sein schienen. Paul ließ sich mit ihnen in ein Gespräch ein. Sie sprachen von Handel,

Zöllen, Politik, und Paul merkte nicht, daß er ganz in der alten Weise sprach. Er sah die Dinge aus all den alten Gesichtspunkten, und er widersprach den Männern auch nicht einen Augenblick. Es bereitete ihm ein gewisses Wohlbehagen, zu hören, wie seine Stimme in vertraulichem Gespräch mit der anderer Menschen zusammenklang. Es war dasselbe warme Gefühl, wie wenn man alte Freunde wiederfindet, die man lange nicht gesehen hat. Und der Kopf arbeitete ohne Anstrengung, ohne Überwachung, die Zunge sprach ungezwungen, und er fühlte sich stark zu diesen Menschen hingezogen. Er war gerade bei den Schutzzöllen, an denen er eine nützliche Seite, eine humane Tendenz entdeckt hatte, als die Türe sich öffnete, und ein junger Knabe hereintrat, gefolgt von einem Geistlichen. Der Knabe hatte eine sichere Haltung, er sah aus wie reicher Leute Kind. Er war gut gekleidet und hatte einen Baedeker und einen Bergstock mit einem kostbar gearbeiteten Handgriff. Der Geistliche sah in seiner langen schwarzen Soutane wie ein altes Weib aus. Er half dem Zwölfjährigen den Überrock ablegen und wollte ihm einen Platz nahe dem Ofen wählen. Allein der Knabe hatte schon einen anderen Platz ausersehen und wollte nicht beim Ofen sitzen. Der Geistliche, der sine Art Mittelding zwischen Bedienten und Lehrer zu sein schien, gehorchte demütig. Als sie Platz genommen hatten, begann der Knabe im Baedeker zu lesen, während der Geistliche alles vor ihm auf dem Tische ordnete und ein Stückchen Teppich unter seine Füge zog. Es lag etwas von weiblicher Zärtlichkeit in seiner Art, diese kleinen Dienste zu leisten, aber der Schüler nahm seine kleinen Artigkeiten stolz und ungnädig entgegen. Als sie etwas zu essen bestellt hatten, zog der Geistliche sein kleines schwarzes Brevier hervor und murmelte halblaut vor sich hin, während er immer wieder von Fragen seines Schülers unterbrochen wurde, der in seinem Baedeker las. Der Geistliche beantwortete alle Fragen entweder mit einem Nicken, während seine Lippen sich weiter bewegten, oder mit einem Worte in einer Pause. Endlich steckte er das Buch ein. Stand auf und holte den Überrock, den er mit sanfter Gewalt seinem jungen Herrn um die Schultern legen wollte. Aber dieser warf den Rock auf den Boden. Der Geistliche hob ihn lächelnd auf, staubte ihn ab und legte ihn auf einen Stuhl neben dem jungen Herrscher. Paul, der im allgemeinen die Geistlichen nicht bedauerte, weil sie so viel Böses taten, konnte nicht umhin, es empörend zu finden, als er all diese Liebe so zu Boden geschleudert sah. Jetzt bereitete der Geistliche den Salat, während der Herr die Weinkarte las. Der alte Mann, der wie die Entsagung und Demut selbst aussah, fragte seinen Despoten jeden Augenblick, wieviel Öl er nehmen solle, ob Essig und Pfeffer und Salz genug sei. Einer der Bürger, der die kleine Szene mir angesehen hatte, wollte nun, da, ein Geistlicher da war, etwas Witziges bemerken, und so sagte er: »Ich glaube, wir bekommen schlechtes Wetter, die Raben ziehen.« Der Geistliche, der wohl wußte, daß er und seine Brüder Raben genannt wurden, erwiderte: »Es kann auch schön werden, ihr guten Herren. Die Raben fressen wohl zuweilen Körner auf den Feldern, aber sie vertilgen auch die Raupen.« Paul konnte nicht umhin, zu finden, daß der Geistliche recht hatte. Savoyen war ein armes Land, und bettelten die Geistlichen bei den Reichen, so gaben sie dafür den Armen. Als Paul aufstand, um schlafen zu gehen, hatte er die größte Sympathie für die Geistlichen, die doch wenigstens für etwas anderes Sinn hatten als nur für irdischen Erwerb. Und er ging zu Bette.

Versank fast bewußtlos in einen schweren Schlummer und schlief bis morgens um vier Uhr. Aber da war er hellwach. Er sprang aus dem Bette. Was war geschehen? Seine letzten Gedanken vom gestrigen Abend kamen zuerst zum Vorschein. Er hatte die Meinungen der Spießbürger geteilt und mit einem Geistlichen sympathisiert. Wie war dies zugegangen? War sein Gehirn, das früher so frei war, entgleist und zurückgegangen? hatte sich eine Klammer gelöst? Was war geschehen? Er hatte seine Frau und seine Kinder verlassen, weil der Kopf der Frau nach einer physischen Erschütterung demselben Mißgeschick verfallen war wie der seine. Er fror. Er fühlte eine Leere, als wäre er nur eine Schale ohne Kern. Er fühlte sich wie an eine Gummischnur gebunden. Sie hatte sich so weit ausgedehnt, als sie nur konnte, aber jetzt begann sie zurückzuziehen. Konnte sie reißen? Nein! Nein! Er war über den See gefahren und hatte seinen großen Kopf mitgenommen, aber das Herz war am anderen Ufer geblieben. Und nun war der Kopf leer, weil das Herz ihn nicht mit Blut versorgte. Er hatte gestern geglaubt, der Kopf sei frei, aber er war nur leer. Welch törichte Gedanken er auf eigene Faust gedacht hatte. Was suchte er gestern abend bei den einfältigen Bürgern? Blut für sein leeres Hirn. Und so bekam er altes, schwarzes, geronnenes, ausgebranntes Blut.

Er kleidete sich an und ging aus. Ging an den Strand hinunter. Da standen die Weingärten mit ihren toten, angenagelten Walnußbäumen, wie ganze Wälder von Golgathas. Und mit diesen toten Baumstämmen waren die jungen, lebensfrischen Weinranken »vermählt«, wie die Römer es nannten. Und in einem Monat würden sich die schwarzen, unheimlich vergitterten Baumleichen mit frischem Weinlaub bekleiden. Er kam sich wie ein entwurzelter Baumstamm vor, der noch nicht begrünt ist,; er fühlte, daß er höchstens von anderen Grün entlehnen konnte, denn aus sich selbst konnte er keine Schößlinge mehr treiben, nachdem man in seiner Jugend Schwefelsäure auf die Wurzel gegossen hatte. Aber er konnte auch solch ein zusammengenageltes Spalier werden, eine Stütze, an der die jungen Ranken zur Sonne emporklettern konnten.

Jetzt hatte er, tot wie er war, auf eigene Hand ausgehen und Jungwald spielen wollen, dazu taugte er nicht. Aber er war doch notwendig.

Wurde er gefällt, so fiel der ganze herrliche Weingarten zusammen und mußte auf der Erde verfaulen. Und hielten die schwachen Ranken nicht auch ihn aufrecht? Er fühlte es jetzt, daß er nicht für sich allein stehen konnte!

Er ging in seine Kammer hinauf, um einen Brief an Anna zu schreiben, aber er konnte nicht schreiben. Er begann damit, daß die Ehe ein Unding sei, daß er nie sicher sein könne, ob sie nicht wieder Rückfälle haben würde. Aber da hörte er eine weiche Stimme, die ihm ins Ohr flüsterte: »Paul Petrowitsch, sei doch gerecht! Hast du nicht auch einen Rückfall erlitten, einen Rückfall in die wildeste Romantik, als du, der du das Gesetz vom Rückfall kennst, der es vorausgesehen hat, der weiß, daß wir Übergangsmenschen hinfällige Dinge sind, doch das Unmögliche vom Leben verlangtest? Die Ehe, als vollkommen, wird nie existieren, nicht einmal bei den jungen Menschen, denn das Leben gibt nichts vollkommenes. Hast du es nicht besser als die meisten? Nun also, kannst du nicht zufrieden sein? Laß uns miteinander weiterziehen, denn nicht unser Wohlbefinden in endloser Sympathie ist der Sinn der Ehe, die Ehe ist für das kommende Geschlecht da.« Aber als Paul die Antwort zu Ende angehört hatte, erwiderte er: »Wahr, aber wenn die Ehe für das kommende Geschlecht da ist, müssen wir auch zusammen für das kommende Geschlecht arbeiten, nicht gegen es.« Aber die Stimme antwortete: »So komm doch zu uns und arbeite und ziehe nicht einsam in die Welt hinaus, um in den Wind zu reden. Denn du kannst ebensowenig etwas allein tun, wie ich es kann. Denn wir lieben einander, Paul. Die Liebe ist ein Mysterium, das du nie ergründen kannst, das wir nie ergründen können. Sie ist nicht Sympathie, wir empfinden eher Antipathie, Paul, und doch, Paul, lieben wir uns. Du fühlst, wie es dich zurückzieht, wie du einen Teil deines Selbst am anderen Seeufer zurückgelassen hast. Die Liebe liegt nicht in Meinungen, denn Meinungen können sich ändern und sind ein lockeres Erdreich. Sie ist, was sie ist, die Liebe: zwei Egoismen zu einem verschmolzen. Aber wir waren zu egoistisch, um unseren Einzelegoismus aufzugeben, den wir mir dem alten Namen Persönlichkeit, Individualität schmückten. Ich habe einen Rückfall gehabt, du einen ebenso schweren, als du die Besinnung verlorst und zu viel vom Leben verlangtest. Verlange etwas weniger, und es wird besser sein.«

Aber jetzt stand Paul auf. Die Wirklichkeit mit all ihren Einzelheiten drang auf ihn ein. Der Garten stand da ohne Pflege. Unkraut würde aufwuchern, die Rosenstämme würden wilde Triebe schießen, die Bienen schwärmen und davonfliegen. Und dann die Kinder! Vera, seine älteste Bekannte! Sie, die in der schwersten Zeit kam, als kaum etwas zu essen im Hause war. Aber sie kam mit neuem Leben, neuen Kräften und Mut für sie alle. Mit dem Gedanken an sie konnte er Berge versetzen. Und wie sie dann heranwuchs und auf seinen Knien am Schreibtisch saß, während er Korrekturen las! Und dann ihre kleinen Sorgen, als das Schwesterchen kam! Da hatte sie all die Zärtlichkeit nicht mehr allein. Sie empfand es als Enttäuschung und wurde schwermütig. Es war ihre erste Bitterkeit im Leben. Alles sollte sie mit Sofia teilen, Puppen, Kuchen, die Liebe der Eltern. Aber Vater hatte zwei Hände, um sie zu leiten, zwei Knie, um sie darauf zu setzen. Immerhin war es nicht dasselbe, wie allein zu sein. Und dann Sofia, die gleich von allem Anfang an fühlte, daß sie nicht so willkommen war wie die Schwester, die alles verlangen mußte, was Vera ohne Bitte bekam, die sich jedes Recht erkämpfen mußte. Hier war zu lernen, hier war zu sehen, wie es nicht sein sollte, wie es einmal, als er heranwuchs, hätte sein sollen. Und dann, wer würde das Haus besorgen, das Essen schaffen? Wie dumm, wie romantisch dumm er doch gestern gewesen war! Ganz wie im Roman, wo man eine Reisetasche nimmt und fortfährt.

Paul klingelte der Kellnerin und verlangte seine Rechnung. Er wollte seine Romantik nicht noch länger ausdehnen und einen dummen Brief schreiben. Er würde nicht noch einen Tag hiersitzen und sich das Leben aus dem Leibe quälen, während sie am anderen Seeufer saßen und sich härmten. Nein, er wollte mit dem ersten Boot zurückfahren, direkt heim zu Anna gehen und sagen: »Ich habe mich dumm benommen.«

*

Anna und Paul saßen am Nachmittag des folgenden Tages im Garten und plauderten von vergangenen Zeiten. Paul hatte sich so nahe zu ihr gesetzt, als er nur konnte, so, als wollte er sich bei ihr bergen, an ihr wärmen, und er hatte seinen Arm unter den ihren geschoben, als wollte er, daß sie ihn führe.

»Unser schlimmster Feind, Anna, das ist unser natürlicher Mensch, dieses Abbild von etwas über uns, das sich allen Individuen derselben Art verwandt fühlt. Der bricht unserem großen berechtigten Haß den Stachel ab, der narrt uns zu Mitleid mit unseren Feinden, der macht uns schlaff, wenn wir dreinhauen wollen, und der flößt uns Reue ein, wenn wir schon dreingehauen haben, Reue, denke nur, über eine schöne Tat, die für Jahrhunderte befreit. Gegen nichts sind wir so empfindlich, wie gegen den Verlust der Sympathie unserer Mitmenschen. Hast du gespürt, wie das Herz gefriert wie Eis in der Maschine, wenn du dem kalten Blick eines ehemaligen Freundes begegnest, der dich nicht mehr kennen will? Du weißt, daß er unrecht hat und du recht, und doch gibst du in diesem Augenblick ihm recht und dir selbst unrecht. Anna, nie vergesse ich, wie ich damals, noch halb unbewußt, du weißt, in Moskau »Bekannte Dinge« herausgab. Niemand konnte die Wahrhaftigkeit leugnen, aber niemand wagte die Sache ernst zu nehmen. Da verfiel man darauf, das Ganze als eine Dichtung aufzufassen, man war zu diesem Ausweg gezwungen, um das Ganze in einen literarischen Sukzeß verwandeln zu können. Die Taktik war klug genug. Und so überbot man einander in Lobsprüchen über das Künstlerische der Schilderungen – man verwandelte einen wohl geladenen und gezielten Schuh in eine Rakete, die gerade in die Luft hinauf gerichtet war, wo sie mit einem schönfarbigen Feuerregen platzen durfte, der mit Applaus begrüßt wurde. Aber man ging weiter. Man nahm mich in den literarischen Klub ›Artistitscherski Kruskoj‹ auf. Es war das Klügste, was man tun konnte. Nie vergesse ich diesen Abend. Da stand ich Angesicht gegen Angesicht allen unseren Feinden gegenüber, allen, die ihr Glück gemacht hatten, die in dem Rufe von großem Talent und Wissen standen. Aber ich traf auch eine Menge Leute, denen beides fehlte und die gleichwohl da waren, weil sie die Macht hatten. Da war es hell und warm, die Wände waren mit Bildern behangen, die Böden mit weichen Teppichen belegt, die Decken vergoldet, die Tische bogen sich unter Speisen und Getränken. Keine bösen Blicke, man nickte mir freundlich zu, so, als sagte man: ›Wir verstehen uns, du wirst einer der Unseren werden, und über diese Sache wird weiter nichts mehr gesprochen.‹ Ich, der mit einem Male aus meiner dunklen Kammer hervorgezogen war, aus Entbehrungen und Mißachtung, ich war einer von ihnen geworden. Und hier aus der Nähe, wie menschlich, wie klein waren sie nicht. Und die Mächtigen, die wußten, daß sie hier nur geduldet waren, wie demütig waren sie doch. Sie beugten sich jenem Geschenk der Natur, das Talent heißt. Mein unerfahrener Sinn ward geblendet, und ich fand sofort Sophismen, um sie zu verteidigen. Sie waren zusammen, argumentierte ich, nicht um einander zu bewundern, sondern um in dem Talent die freigebige Natur zu verehren, die hier ihre Geniegaben verschwendet hatte, denn ich war ja so erzogen, daß ich noch an Genie glaubte. Aber hätte ich damals schärfer gesehen, ich würde gesehen haben, wie sie alle gleichsam befangen herumgingen, wie sie sich selbst fragten: ›Was habe ich getan? Bin ich auch ein Genie?‹ Und viel konnten sich mit gutem Grunde fragen: ›Was tue ich hier?‹ Dann nach dem Souper, als wir im intimsten Gespräch beisammen saßen – ich sprach gerade mit zwei der ärgsten Feinde über die Emanzipation, und ich konnte nicht umhin, die humane Art, wie sie die Frage behandelten, zu bewundern – erhob der Redakteur der Starowna Volja, du weißt, unser Erzfeind, sein Glas und forderte die Anwesenden auf, mich in ihrem edlen Kreise willkommen zu heißen. Er sprach mit Wärme von meinem Talent – immer vom Talent – und berührte die ›Bekannten Dinge‹ gar nicht. Man saß wie auf Nadeln, denn man erwartete irgendeinen peinlichen Ausbruch, irgendeine Enthüllung. Nein, es kam nichts. Die Worte des Redners wirkten erwärmend auf mich, ich freute mich, von einem Feind edle menschliche Gedanken zu hören, ich schämte mich meines ungerechten Hasses und – ich bereute meine Hiebe. Bereute, Anna.

Als die Rede zu Ende war und alle mir zugetrunken hatten – keiner schloß sich aus –, erhob ich, aufrichtig froh, gesehen zu haben, daß die Menschen besser waren, als ich geglaubt, bewegt mein Glas, als ich gegenüber am Tische mitten aus einer Gruppe dunkler Gesichter zwei brennende Augen auf mich gerichtet sah! Es war Iwan, der Maler. Er lächelte verächtlich, mitleidig!

Ich verlor die Kontenance, dankte kurz und bündig für die Rede und fühlte mich mißgestimmt.

Als ich das nächste Mal den Klub besuchte, gefiel es mir noch besser dort. Ich sah Feinde einander umarmen, Redakteure gegnerischer Zeitschriften, die gegeneinander schrieben, ganz friedlich zusammensitzen und über brennende Fragen sprechen. Künstler, die einander auspfeifen ließen, sangen zusammen, tranken sich zu und küßten sich im Laufe der Nacht. Was war das? War es Charakterschwäche? Nein, es war der Naturmensch, der durchbrach, weil die Anlässe und Ursachen des Kampfes für ein paar Stunden ausgeschaltet waren. Waren sie falsch? Nein, in diesen Augenblicken waren sie wahr, denn sie glaubten, was sie dachten und meinten, was sie sagten. Sie freuten sich, sie wie ich, daß sie einen Augenblick Menschen sein durften, klein, einfach sein durften, denn hier gab es kein unwissendes Publikum zu düpieren. Sie lächelten wie Auguren über ihre abgelegte Toga, aber sie lächelten gut. Und morgen würden sie wieder Auguren, wieder wilde Tiere sein. Ich harte beim Nachspiel mein Glas ergriffen, um etwas zu sagen, ich wußte nicht, was, denn mein Herz war voll, als eine starke Hand mir das Glas wegzog und mir ins Ohr flüsterte: ›Hüte dich, Paul Petrowitsch! Genieße, aber sei auf deiner Hut! Höre, aber sprich nicht! Du bist ein Übergangsmensch, aber du sollst den Übergang vollziehen, nicht den Rückschritt! Du sollst dein Herz verhärten, du sollst in die Einsamkeit hinausziehen und hassen, denn wer lieben kann, wie du, der kann auch mehr hassen als andere!‹

Es war Iwan, den wir den ›Schrecklichen‹ nannten.

›Warum sollte ich hassen?‹ fragte ich, noch warm von meinen Gefühlen.

›Du sollst die Lüge hassen, auf daß du die Wahrheit lieben mögest,‹ antwortete er.

›Sind diese Menschen jetzt Lügner?‹ fragte ich.

›Nicht jetzt, Paul, jetzt sind sie wahr, klein, liebenswürdig, aber morgen, wenn du sie nicht siehst, sind sie Lügner!‹

›Morgen,‹ dachte ich. ›Was macht sie denn morgen zu Lügnern, Iwan?‹

›Die bindenden Bande, die wir lösen müssen, Paul! Die du lösen mußt!‹

Ich verließ mit Iwan den Klub. Wir wanderten die ganze Nacht herum, und dann ging ich nie mehr hin, denn ich kannte meine Schwäche. Sind die Menschen nicht zu bedauern? Sind sie nicht wert, geliebt zu werden? Ach, aber sie wollen die bindenden Bande nicht lösen. Anna, wäre ich länger unter ihnen herumgegangen, ich wäre einer von ihnen geworden. Iwan hat mich gerettet. Für dieses Mal. Aber ich bin nie sicher. Vorgestern, hm, in Evian, saß ich da und sah einen armen Geistlichen, der von einem zwölfjährigen Knaben kujoniert wurde. Der Alte erregte mein Mitleid. Er wurde von ein paar Bürgern gehänselt, und ich schenkte ihm meine Teilnahme. Gestern morgen, hm, auf dem Dampfschiff, traf ich wieder mit ihnen zusammen. ›Ei, sieh da,‹ sagte ein Passagier, ›ein Jesuit, der eine Erbschaft bewacht.‹ Zuweilen, Anna, glaube ich, daß alle unsere Bestrebungen an unserem Naturmenschen scheitern werden, der nicht hassen kann! O, wir müssen hassen lernen!«

»Die bindenden Bande, ja, Paul, aber nicht die Menschen!« sagte Anna.

»Aber wir können die Bande nicht lösen, ohne denen, die sie festhalten, die Finger abzureißen, Anna! Um so schlimmer für sie!«

»Vater, Vater,« rief Vera vom Gartengitter her, »jemand will dich sprechen.«

Paul stand auf und ging auf das Pförtchen zu, unruhig wie immer, wenn jemand ihn zu sprechen wünschte, denn er erwartete selten etwas Gutes von außen. Aber als er das bleiche Gesicht des Kommenden sah, lief er ihm entgegen und küßte ihn.

»Iwan, Freund, eben haben wir von dir gesprochen,« sagte er, »tritt bei uns ein. Anna ist da!«

Der mit Iwan Angesprochene war ein blasser, magerer Mann mit einem schwarzbärtigen, länglichen Gesicht, so länglich, daß das Kinn ganz unten im Westenausschnitt lag. Als Paul ihn küßte, zuckte er zuerst zurück, aber dann erwiderte er Pauls Gruß mit unnatürlicher Wärme. Er folgte Paul mit unsicheren Schritten in den Garten, und ein fremder Betrachter hätte ihn kaum für einen Freund gehalten.

»Du kommst aus Genf?« fuhr Paul fort.

»Ja,« sagte Iwan düster. »Guten Tag, Anna Iwanowna,« grüßte er dann. »Du erkennst mich nicht, ich habe großen Kummer gehabt, seit wir uns zuletzt sahen. Mein Sohn, mein großer, starker Junge, ist von mir gegangen.«

»Armer, armer Iwan,« sagte Anna und warf einen Blick zur Wohnung hinauf, so, als horchte sie.

Iwan sah betrübt aus.

»Armer Freund,« sagte Paul. »Du siehst wirklich verändert aus.«

Iwan setzte sich auf eine Bank und sah in den Sand.

»Du hast dich ›vereinfacht‹, Paul,« begann Iwan wieder.

»Ja,« sagte Paul. »Sowohl aus Neigung wie aus Notwendigkeit. Der Kampf mit den Dienstleuten wurde mir zu schwer, namentlich da ich fand, daß sie recht hatten. Aber ich hatte auch recht, den Kampf zu fliehen, und jetzt habe ich Frieden. Es war eine unheimliche Kriegführung. Ihre Unterschlagungen und Provisionen zu kontrollieren nahm mehr Zeit in Anspruch, als ihren Dienst zu tun. Jetzt räume ich selbst zusammen, und dafür kann ich über mein Zimmer verfügen. Früher konnte ich jeden Augenblick vom Dienstmädchen hinausgeworfen werden. Und ging ich nicht sofort, wenn es ihr beliebte, ließ sie die Suppe anbrennen. ›Da ist der Herr dran schuld,‹ sagte sie zur Frau. Dann kam die Frau zum Herrn, ganz sanft natürlich, und sagte ihm sehr freundlich, er solle doch Amelie zur rechten Zeit aufräumen lassen. Da hatte der Herr das Gefühl, daß das ein Befehl von Amelie sei, und war verletzt – und so weiter.«

»Du glaubst also noch an die Macht des Beispiels von unten?« fragte Iwan.

»Nein, die Beispiele können nur von oben kommen, aber Reformen können von unten kommen.«

Eine Pause entstand. Paul hatte die Empfindung, daß er bei seinem alten Freunde keine Resonanz fand. Sollte das Unglück ihn so ungestimmt gemacht haben?

»Ich habe Neuigkeiten, Iwan,« begann er wieder.

Iwan zuckte zusammen. Anna, die ihn beobachtet hatte, machte Paul ein Zeichen, aber dieser sah nicht, was sie meinte, sondern glaubte, es sei ein Signal, daß sie sich Bernhards wegen entfernen sollten, der im Garten arbeitete. Er bat darum Iwan, mit ihm in sein Zimmer zu kommen, wo er den Brief aufgehoben hatte. Er forderte Iwan auf, am Schreibtisch Platz zu nehmen, selbst setzte er sich ihm gegenüber, öffnete eine Lade und gab ihm den Brief, den er vor wenigen Tagen erhalten hatte. Iwan schien den Brief mit den Augen zu verschlingen, und einige Zeilen las er mehrere Male. Während er so saß und las, klopfte es an die Türe. Bernhard trat ein und übergab Paul einen Brief. Als dieser das Schreiben gelesen hatte, wurde er aschfahl im Gesicht, dann begann er Iwan zu betrachten, während dieser ebenso gierig wie früher seinen Brief studierte. Und, wirklich, er fand neue Linien in seinem Gesicht, einen neuen Ausdruck in den Augen und einen Zug um den Mund, den er nie zuvor gesehen hatte. Das war nicht der alte Iwan, der ihm das Glas aus der Hand gerissen hatte, als er auf die »Feinde« sprechen wollte. Ganz leise zog er die Tischlade auf, nahm ein Telegrammblankett heraus, legte es neben sich und füllte es aus. Dann warf er seinen Brief vor Iwan hin und sagte kurz und bestimmt: »Lies das,« worauf er aufstand und das Telegramm durchs Fenster herausreichte.

Iwan sah auf und erfaßte mit einem Blick den Inhalt des Briefes, denn er war kurz und enthielt nur diese Zeilen: »Hüte dich vor Iwan, nunmehr Hauptmann in der Gendarmerie Seiner Kaiserlichen Majestät.«

»Es ist wahr,« sagte er und legte den Brief neben sich auf den Tisch. »Ich habe bereut, Paul Petrowitsch! Wie die Reue gekommen ist, weiß ich nicht. Aber als mein Sohn starb, da war es, als ob mein

Körper in einen Mörser gelegt und pulverisiert würde. Als die Stücke sich dann wieder zusammenfügten, da war meine neue Seele fort, und die alte erstand auf. Aber ich habe die neue nie vermißt. Die alte war mir wie ein lieber Freund, den ich wiederfand. Da hast du die ganze Sache.«

»Nicht die ganze, Iwan,« sagte Paul. »Als dein Kind starb, warst du in großer Not. Du befandest dich als Reporter bei den Manövern bei Charkow. Da trafst du den Hohen. Er gab dir und allen anderen Leuten der Presse die Hand und sagte euch etwas Artiges. Du warst geblendet. Da hast du die ganze Sache.«

»Verurteile mich nicht, Paul,« sagte Iwan mit Tränen in der Stimme.

»Du bist schon verurteilt,« erwiderte Paul.

Sie betrachteten sich gegenseitig, wie zwei Tiger, sprungbereit.

»Willst du freien Abzug haben, Iwan?« begann Paul wieder. »Willst du den Briefschreiber in Ruhe lassen, bis er sich rettet? Denke an seine Kinder, Iwan!«

»Ich will es, Paul.«

»Du hast also doch Zweifel an deinem neuen Beruf?«

»Wer hat keine Zweifel?«

»Nicht an der Hauptsache, Iwan, nur an den Details können wir zweifeln. Warum deklamierst du mir nichts von unseren Untaten vor, warum schraubst du dich nicht in deine neue Rolle hinaus?«

»Ich bin müde! O, ich bin so müde! Ich bin sehr unglücklich!«

»Ich glaube dir, Iwan, du bist sehr unglücklich. Denn du hast die Hoffnung auf das Kommende verloren.«

»Ja, es ist hoffnungslos!«

»Es ist nicht hoffnungslos, weil du die Hoffnung verloren hast. Es hat zweitausend Jahre bedurft, um dieses merkwürdige Gebäude aufzurichten, wir können es nicht in fünfundzwanzig Jahren niederreißen und dazu ein neues ausbauen. Moses schleppte die Kinder Israels in die Wüste, damit die Alten ausstürben, aber unterdessen erzog er das neue Geschlecht, das Kanaan schauen sollte. Laß unsere Gebeine im Wüstensande bleichen, das ist unser Los, aber laß uns für die Kommenden arbeiten: das ist alles, was wir tun können. Aber sage mir, Iwan, welches Sophisma hat dich gefangen, denn ohne Motiv wirst du doch wohl nicht sein?«

»Nenne es Sophisma,« sagte Iwan. »Für mich ist es ein triftiger Grund. Ja, ihr behandelt diese Männer wie Verbrecher, und ihr glaubt, daß sie Betrüger sind. Ich weiß, daß sie gute Absichten haben und im schlimmsten Falle als Betrogene anzusehen sind.«

Paul dachte eine Weile nach, dann entgegnete er: »Iwan, jetzt unterscheidest du nicht zwischen Person und Sache. Daß wir sie als Verbrecher behandeln, ist nicht wahr, wir behandeln sie als Opfer der Sache. Wir verstehen es mithin, Person und Sache zu trennen. Über ihre Motive können wir nicht urteilen; ob sie Betrogene oder Betrüger sind, haben wir weder Zeit noch Lust zu ergründen. Ihre Handlungen verurteilen sie, und wenn ihre Personen der Sache im Wege stehen, dann, fort mit den Personen! Ich habe nie gehört, daß sie die Todesstrafe gegen den Mord in Anwendung bringen, sondern immer gegen die Mörder, nie Gefängnis für den Diebstahl, sondern für den Dieb. Wenn ich jemandem eine Schlinge um den Hals lege und ihm sage: stehe still, sonst erwürge ich dich. Und er dann nicht still steht, habe ich ihn dann erwürgt? Oder hat er sein Unheil nicht vielmehr selbst verschuldet? Laß die Sophismen, Iwan. Kehre nicht nach Genf zurück, denn dorthin habe ich dein Signalement geschickt, ehe du noch hinkommst. Und schwöre, nein versprich bei dem Andenken deines Sohnes, und warum nicht bei unserer einstigen Freundschaft, daß du nichts gegen Dmitri unternehmen wirst.«

»Wie soll ich das versprechen können ...?« sagte Iwan. »Mein Dienst ...«

»Ich suspendiere dich bis morgen von deinem Dienste, dann hat mein Telegramm Dmitri erreicht, und er hat den Nachtzug genommen. Für heute Nacht bist du mein Gast.«

Paul stand auf. Iwan wollte sich erheben, aber Paul sagte nur: »Du bleibst hier. Die Türe ist offen, das Fenster ist offen, aber ich sage dir, wie man einem sagt, der die Schlinge um den Hals hat: steh still, sonst erwürge ich dich! Du hast verstanden! Morgen um fünf Uhr früh steht deiner Abreise nichts im Wege! Lebewohl, Iwan!

Mögen sich unsere Wege nie mehr kreuzen, und mögen wir einander vergessen.«

»Du verachtest mich, Paul. Tue das nicht! Denke daran, daß ich damals Weib und Kind hatte! Und man muß doch leben!«

»Daß man leben muß, das glaube ich nicht. Eines ist gewiß: daß wir sterben müssen! Und wollen wir leben, so glaube ich, daß wir das können, ohne unsere Seele zu verkaufen, aber dann müssen wir uns vereinfachen, oder wie die Treugläubigen es nennen, unser Wohl opfern. Ich verachte dich nicht, denn ich kenne die Gesellschaftsgesetze, die das Naturgesetz gefälscht haben, und ich kenne auch das Naturgesetz der Entwicklung und des Rückfalls. Lebewohl.«

Paul ging. Als er in den Garten hinunterkam, traf er Anna. Er nahm ihren Arm wie zu seiner Verteidigung und begann auf und ab zu gehen.

»Expediert?« fragte er.

»Ja,« antwortete Anna. »Es wird immer schwerer und schwerer. Hoffst du noch?«

»Ich muß.«

Sie gingen den Gartengang auf und nieder. Die Sonne neigte sich zum Untergehen und warf einen roten Schimmer auf die oberen Regionen der Alpen. Die Wolken, Sie sich über den Gipfeln zusammengeballt hatten, hatten die eben noch grünen Triften und Buchenwälder mir Schnee bestreut, aber unten in den Kastanienhainen regnete es.

»Siehst du, Anna Iwanowna, eben noch war der Frühling auf den Bergen, jetzt ist der Winter gekommen, und der Frühling weicht zurück! O, es wird noch viel Schnee fallen, viel Schnee!«

»Aber morgen, Paul,« erwiderte Anna, »morgen ist der Schnee fort, und dann ist der Frühling schon viel weiter als heute, da grünt es wieder auf den Gipfeln, und die Sonne scheint auf neue Blumen. Es geht vorwärts! Vorwärts!«

Die Dunkelheit fiel ein. Die Savoyer Alpe stand schwarz wie eine Wand da, wie ein Haus von achthundert Stockwerken. Da flammte in dem Riesenhause ein Licht, etwa sechshundert Treppen hoch, auf, und es blinkte durch die Regenschleier und die Dunkelheit.

»Siehst du die Lichter?« sagte Paul. »Da oben auf der Alpe. Je tiefer die Dunkelheit wird, desto klarer leuchtet es. Ist das nicht eine wunderliche und schöne Eigenschaft des Lichtes?«

»Es sind Bergwanderer, die die Nacht abwarten, um morgen den Sonnenaufgang zu grüßen,« sagte Anna.

»Falls die Lawine sie nicht verschüttet hat.«

»Aber wenn die Lawine gegangen ist, dann, Paul, dann ist es Frühling. Und dann können wir alle die Gipfel besteigen und das köstliche Edelweiß pflücken, in der Sonne, bei Mondschein, in Gewitter und Sturm! Mag die Lawine rollen!«

»Sie muß rollen, denn sonst wird es nie Frühling, Anna.«

Über tredition

Eigenes Buch veröffentlichen

tredition wurde 2006 in Hamburg gegründet und hat seither mehrere tausend Buchtitel veröffentlicht. Autoren veröffentlichen in wenigen leichten Schritten gedruckte Bücher, e-Books und audio-Books. tredition hat das Ziel, die beste und fairste Veröffentlichungsmöglichkeit für Autoren zu bieten.

tredition wurde mit der Erkenntnis gegründet, dass nur etwa jedes 200. bei Verlagen eingereichte Manuskript veröffentlicht wird. Dabei hat jedes Buch seinen Markt, also seine Leser. tredition sorgt dafür, dass für jedes Buch die Leserschaft auch erreicht wird.

Im einzigartigen Literatur-Netzwerk von tredition bieten zahlreiche Literatur-Partner (das sind Lektoren, Übersetzer, Hörbuchsprecher und Illustratoren) ihre Dienstleistung an, um Manuskripte zu verbessern oder die Vielfalt zu erhöhen. Autoren vereinbaren direkt mit den Literatur-Partnern die Konditionen ihrer Zusammenarbeit und partizipieren gemeinsam am Erfolg des Buches.

Das gesamte Verlagsprogramm von tredition ist bei allen stationären Buchhandlungen und Online-Buchhändlern wie z. B. Amazon erhältlich. e-Books stehen bei den führenden Online-Portalen (z. B. iBookstore von Apple oder Kindle von Amazon) zum Verkauf.

Einfach leicht ein Buch veröffentlichen: **www.tredition.de**

Eigene Buchreihe oder eigenen Verlag gründen

Seit 2009 bietet tredition sein Verlagskonzept auch als sogenanntes "White-Label" an. Das bedeutet, dass andere Unternehmen, Institutionen und Personen risikofrei und unkompliziert selbst zum Herausgeber von Büchern und Buchreihen unter eigener Marke werden können. tredition übernimmt dabei das komplette Herstellungs- und Distributionsrisiko.

Zahlreiche Zeitschriften-, Zeitungs- und Buchverlage, Universitäten, Forschungseinrichtungen u.v.m. nutzen diese Dienstleistung von tredition, um unter eigener Marke ohne Risiko Bücher zu verlegen.

Alle Informationen im Internet: **www.tredition.de/fuer-verlage**

tredition wurde mit mehreren Innovationspreisen ausgezeichnet, u. a. mit dem Webfuture Award und dem Innovationspreis der Buch Digitale.

tredition ist Mitglied im Börsenverein des Deutschen Buchhandels.

Dieses Werk elektronisch lesen

Dieses Werk ist Teil der Gutenberg-DE Edition DVD. Diese enthält das komplette Archiv des Projekt Gutenberg-DE. Die DVD ist im Internet erhältlich auf **http://gutenbergshop.abc.de**

Zeitfracht Medien GmbH
Ferdinand-Jühlke-Straße 7
99095 Erfurt, Deutschland
produktsicherheit@kolibri360.de